LE

ROI DES FRÊNELLES

PAR

ANTONY THOURET.

TOME PREMIER.

Paris.

LIBRAIRIE DE CHARLES GOSSELIN,
Éditeur de la Bibliothèque d'élite,
9, RUE SAINT-GERMAIN-DES-PRÉS.

M DCCC XLI.

LE

ROI DES FRÊNELLES.

« Il faut des tempêtes pour marier sur des hauteurs inac-
» cessibles le cèdre du Liban au cèdre du Sinaï, tandis qu'au
» bas de la montagne le plus doux vent suffit pour établir
» entre les fleurs un commerce de volupté. N'est-ce pas ainsi
» que le souffle des passions agite les rois de la terre sur
» leurs trônes, tandis que les bergers vivent heureux à leurs
» pieds? »

CHATEAUBRIAND.

PARIS. — IMPRIMERIE DE BOURGOGNE ET MARTINET,
Rue Jacob, 30.

LE
ROI DES FRÊNELLES

PAR

ANTONY THOURET.

TOME PREMIER.

Paris.

LIBRAIRIE DE CHARLES GOSSELIN,
9, RUE SAINT-GERMAIN-DES-PRÉS.
M DCCC XLI.

PRÉFACE.

Voici enfin ce troisième livre annoncé depuis cinq ans. *Toussaint-le-Mulâtre*, *L'Enfant de Dieu*, *Le Roi des Frénelles*, ne font qu'une seule et même œuvre (1).

Le néant, le doute et la foi : voilà les trois

(1) *Blanche de Saint-Simon* est une œuvre historique du temps de Louis XI. Ces divers ouvrages étant épuisés, l'auteur en prépare une édition nouvelle, épurée par de saines études.

stations d'une longue route au bout de laquelle l'auteur arrive enfin, l'espérance dans l'âme; heureux s'il pouvait avoir gagné selon la science ce qu'il a gagné selon le cœur! On demandera: L'auteur a donc marché vers la foi? Il répondra : Oui, et voilà les lumières qui ont éclairé mon chemin :

Entre le néant et la foi, le point intermédiaire, c'est le doute.

Depuis long-temps j'étais arrivé à ce point fatal d'où je jetais des regards inquiets devant et derrière moi; enfin j'ai obéi à une impulsion intérieure, et j'ai marché en avant. A chacune de ces trois stations voilà ce que j'ai ressenti; et je le dis d'avance, au cri de l'âme il n'y a point de réponse :

Le néant, c'est le désespoir.

Le doute, c'est l'insensibilité.

La foi, c'est le bonheur.

Celui qui part du doute pour arriver à la foi fait donc un pas vers le bonheur.

Le néant, c'est l'égoïsme et le crime.

La foi, c'est la vertu et l'amour.

Le doute, c'est le crime dans le silence ou la vertu dans la loi.

Le néant éteint; le doute ombrage; la foi éclaire. L'un donne les ténèbres, l'autre l'ombre, et celle-ci la lumière.

Le néant c'est la pierre; le doute c'est l'éponge; la foi c'est le cœur.

La pierre est insensible; l'éponge se gonfle et se dessèche tour à tour; le cœur aime et respire.

Le néant c'est la mort; le doute c'est le sommeil; la foi c'est la vie.

Le néant est partout et nulle part; le doute est sur la terre; la foi est dans le ciel.

Malheur à celui qui trouve le génie dans la matière et la vérité dans la mort!

Honte à celui qui, trouvant cette fatale lumière, ne l'étouffe pas sous le boisseau!

Et toi, philosophe imprudent, qui, dans le silence des méditations et la poussière des livres, as découvert le doute, garde-toi bien de communiquer cette barbare découverte :

Au père qui cherche du pain ;

Au génie qui cherche la gloire ;

A la mère qui pleure son enfant ;

A la patrie, qui pleure la liberté :

Car dans la foi est l'espérance, et dans l'espérance : l'avenir !

LES TUILERIES.

Prologue.

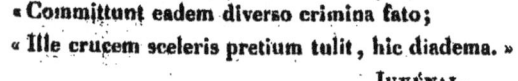

« Committunt eadem diverso crimina fato;
« Ille crucem sceleris pretium tulit, hic diadema. »

JUVÉNAL.

Le 10 août 1792, à neuf heures du matin, les habitants de Paris entendirent des décharges d'artillerie dans la direction des Champs-Élysées. Quelques bons bourgeois, de ceux qui, profondément ensevelis dans les solitudes du Marais, n'ont d'autre soin dans la vie que de veiller à ce qu'elle s'écoule avec la silencieuse lenteur d'une rivière cachée sous les arbres de ses rives, pensèrent d'abord que le canon des Invalides annonçait quelque nouvelle victoire de nos armées nationales; mais bientôt les coups du tocsin vibrant dans les airs et le bruit sourd de la générale serpentant dans les rues tortueuses de la Cité, on put les entendre parler à peu près de la sorte :

— Tiens! ce n'est pas une victoire à la frontière, ce n'est qu'une bataille dans Paris! — Qu'on serve le déjeuner! — Encore la guerre civile! — Que de victimes, grand Dieu! — Apportez-moi le journal, et qu'on ferme soigneusement toutes les portes!

C'était la guerre civile, en effet, si toutefois on peut donner ce nom à l'assaut d'un palais où l'avant-garde de Brunswick tient garnison, à une bataille sur les marches d'un trône français défendu par des soldats suisses.

La fumée de l'incendie, de la canonnade et de la mousqueterie couvre d'un immense nuage le palais des Tuileries. La reine, après avoir vainement mis un pistolet aux mains du roi en s'écriant : « Monsieur, voici le moment de vous montrer! » voit avec stupeur qu'il y a une grande différence entre un conspirateur militaire et un roi diplomate et que la plume défend mal contre le glaive.

La famille royale passe alors à travers les rangs silencieux des soldats auxquels il ne manque qu'un général, et va se réfugier dans une tribune obscure de l'Assemblée nationale, qui, sans s'inquiéter de sa présence, discute, amende et adopte la déchéance provisoire de Louis XVI.

Mais où nous emportent nos souvenirs historiques? Laissons en paix l'ombre de Louis XVI, le moins méchant, le plus faible, mais non le moins criminel des rois de sa race; de ce malheureux père qui, s'il ne fût pas né sur les marches d'un trône qui éblouit et au milieu des listes civiles qui corrompent les plus saines consciences, eût du moins connu les douceurs de la mort chez un vieillard obscur qui expire au milieu de ses enfants agenouillés, dont il bénit les têtes dans l'ombre.

A celui-là le supplice, à celui-ci la couronne!

Paix à l'ombre de Louis XVI!

Cependant l'attaque des Tuileries devient de plus en plus furieuse; la fusillade redouble; les Suisses, un moment vainqueurs, après avoir bravement chargé sur la place du Carrousel, sont à leur tour refoulés jusque sur le grand escalier, où ils se défendent marche à marche. Pendant ce temps, le flot populaire a monté dans la galerie des tableaux; les portes les plus épaisses craquent et se fendent sous mille coups frappés en même temps et répétés en mesure. De toutes parts on crie : A l'assaut! Déjà les échelles sont appliquées aux fenêtres, et pourtant les Suisses se défendent encore. Chaque soldat s'affermit en posant le pied sur un cadavre, et choisissant le plus avancé parmi les plus téméraires, il l'abat d'un coup sûr et froidement dirigé. Mais dans les rangs populaires, vingt mains se disputent le fusil du mourant, et le blessé présente lui-même le sien à un ami ou à un frère avant de se traîner au milieu des morts jusqu'au mur où il s'appuie et expire à son tour. Les rangs suisses s'éclaircissent, au contraire, mais ils précipitent leurs mouvements, et leur feu ne se ralentit pas encore.

C'est dans ce moment terrible qu'un homme vêtu de noir, courbé par la douleur plus que par l'âge, mais vigoureux encore sous ses cheveux déjà blanchis, sans armes, sans chapeau, et l'habit déchiré, s'élance au milieu du peuple, et se fait jour au fort du combat avec un courage désespéré.

— Arrête! où vas-tu? lui crient les assaillants.

— Ne tirez pas! je suis du peuple; je vais vous montrer le passage. — Et en disant cela ilpasse lui-même.

— Halte-là ! lui crient les Suisses.

— Ne tirez pas! je suis des vôtres; je cours sauver madame de Chapstal. — Et les fusils se relèvent pour prendre une autre direction.

Il s'élance de nouveau, et gravissant les cadavres qui encombrent l'escalier, il passe encore et parvient à la porte de la première dame d'honneur de la reine. Là un valet de pied debout sur le seuil lui présente à la fois le canon de deux pistolets.

— Fabry ! Fabry ! ne me reconnais-tu pas?

— Juste ciel ! c'est vous, monseigneur!

— Et qui donc sauverait Marguerite?... Vit-elle encore, Fabry, vit-elle encore?

— Elle est là, et le médecin aussi. Ils l'ont abandonnée. Elle est mère; elle se meurt. Oh! c'est horrible! Dites-lui que Fabry défend sa porte. Ils passeront sur mon corps. Hélas! peut-être arrivez-vous trop tard!

Au même instant, une balle fait un trou dans la lucarne de l'escalier, et frappe le serviteur fidèle, qui, par un dernier et sublime effort, tombe en travers de la porte, et murmure encore en expirant : — Dites-lui qu'ils passeront sur le corps de Fabry !

L'étranger, sans même regarder s'il est mort, saute par-dessus le corps du pauvre Fabry, et court dans les appartements. La dernière porte est restée ouverte ; il entre doucement pour ne pas causer d'épouvante.

Le médecin est penché sur un lit, et donne les derniers soins à une jeune mère mourante, qui presse encore dans ses bras son enfant nouveau-né :

— Mon Dieu, ayez pitié de moi! disait la pauvre mère d'une voix qui n'était déjà plus qu'un souffle. Je savais bien que le père de cet enfant ne viendrait pas... Mais lui qui m'aimait tant, et que je n'ai pas revu depuis le jour où l'on m'a sacrifiée, viendra-t-il sauver l'enfant d'un autre? Quelque chose me dit qu'il va venir, le noble André! Il n'est pas venu, car il me croyait heureuse ; il va venir puisque je meurs!... Si on le tuait!... O mon Dieu! sauvez-le! conduisez-le par la main! Où êtes-vous, André? Où êtes-vous?

— Me voici! s'écrie l'étranger aux cheveux blancs en accourant devant le lit de la mourante, qui pousse un cri de terreur et de joie tout ensemble.

— C'est lui! Que le ciel soit béni! André, il

y a dix ans que je ne vous ai pas vu, et je vous attendais! Vous voilà! mon fils est sauvé!

L'étranger, que ni le fer ni la flamme n'avaient arrêté, fut tellement ému à ce spectacle d'une mère donnant la vie au milieu de la mort, qu'il resta long-temps immobile sans pouvoir rien dire, si ce n'est : Marguerite! Marguerite!

— Il n'y a plus de Marguerite, elle s'en va; mais vous qui avez aimé la jeune fille heureuse, aimerez-vous assez la pauvre mère pour jurer d'accomplir ses dernières volontés? André, êtes-vous une âme capable de sauver l'enfant d'un autre?

— Oui, — répond l'étranger en mettant la main sur son cœur.

En ce moment le médecin s'approche doucement et dit à voix basse :

— Monsieur! elle n'a plus que quelques minutes.

Mais à cette heure solennelle la mourante et l'étranger n'entendaient ni la fusillade, ni les cris des blessés, ni le tumulte de l'assaut qui commençait; en présence de cette mère si jeune et si belle encore qui allait dire ses dernières paroles avant de s'envoler au ciel, qui donc aurait pu entendre les bruits de la terre?

Ils ne reconnaissaient même plus la voix du

courageux médecin qui n'osait pas troubler ces touchants adieux, et qui pourtant criait souvent de la fenêtre : Ils avancent; dépêchez-vous! dépêchez-vous!

Celui que nous avons entendu nommer André se mit à genoux, prit les deux mains de la comtesse de Chapstal, et s'appuyant sur le lit, il pencha la tête pour recevoir dans son oreille les paroles expirantes de Marguerite, entrecoupées par l'agonie et le bruit du canon. Au même instant une décharge générale ébranla les murs de la chambre, mais la main de Marguerite resta immobile, et ses yeux grands ouverts semblaient entrevoir déjà au milieu des nuages la place où les mères qui sont mortes en donnant le jour à un enfant vont attendre que celui-ci naisse pour elles, une seconde fois, dans le ciel.

Sans doute il y avait quelque délire dans les paroles de Marguerite, car voici ce que l'étranger put entendre.

— Il est revenu, et Marguerite s'en va..... nous ne serons donc réunis que là-haut?... Je vois déjà le ciel... oh! que la terre est sombre!... c'est un passage..... ce fut un douloureux passage..........

... La cour? la ville? mensonge, douleur et

crime!... Fuyez vite, noble apparition! emportez l'enfant bien loin, bien loin! à mille lieues des cités, dans le fond des forêts et derrière les montagnes. Cachez sa naissance au père... Oh! si jamais il le découvre!... l'ambition et le fanatisme!... J'ai été bien malheureuse, allez!... croirez-vous cela? Eh bien, mon heure la plus douce, c'est la dernière... Il ferait de l'enfant ce qu'il a fait de la mère... mais l'autre est revenu et l'enfant est sauvé... Pauvre petit ange! tu n'oses pas bouger dans mes bras; on dirait que tu as peur de réveiller ta mère qui s'endort pour toujours... Si j'étais morte il y a une heure, tu serais maintenant dans le paradis avec moi... Oh! pourquoi t'ai-je laissé tomber sur la terre?... Juste ciel! une nourrice!!... le lait d'une étrangère... d'une mère qui partage et vend son lait!... du moins auras-tu ta part, pauvre orphelin?... Mais je serai là-haut... je surveillerai l'étrangère, et peut-être, mais n'en dis rien à personne, je descendrai pendant la nuit pour t'allaiter aussi..... Voici la reine!..... elle m'a dit qu'il partagerait le sort de ses enfants... le sort des enfants de la reine!... Sauvez-le! emportez-le donc au milieu des bois!... du moins là il sera heureux!... Que faites-vous? pourquoi me le prendre si vite?... attendez donc que je sois morte!... Avant de le prendre il faut me dire : Je le jure!... Je ne l'ai pas bien entendu... un peu plus près... là, dans mon oreille..... Oh! merci, ombre généreuse!..... merci!... Vite envolons-nous, les voilà!... les voilà!

Ils venaient en effet; à peine Marguerite eut-elle exhalé son dernier murmure qu'une grêle de balles vint briser une glace dont les morceaux jaillirent jusque sur le lit. L'étranger se leva en criant : Au secours! docteur, elle se meurt!...

Ledocteur gisait sur le plancher.

Il revint au lit de Marguerite; les balles l'avi ent r espectée,... elle était morte.

Tout-à-coup un bruit sourd et prolongé, semblable à celui de plusieurs orages réunis qui grondent et se répondent dans le lointain, se fait entendre sous les voûtes royales. Après avoir enfoncé les portes de la galerie des tableaux et inondé le grand escalier, l'océan populaire monte précédé d'une rumeur immense; il approche; les cris deviennent plus distincts et la rumeur plus éclatante; bientôt la foule aux mains vides qui vient de la galerie et la foule aux mains de fer qui gravit l'escalier se rencontrent dans les couloirs supérieurs. Les deux ouragans se mêlent, s'emportent l'un dans l'autre et roulent jusqu'aux appartements entr'ouverts de la comtesse de Chapstal. Mais là tout s'arrête, et une voix forte couvre la voix générale.

— Silence, tout le monde! préparez vos armes!... Les Suisses doivent être cachés là-dedans. Une décharge générale avant d'entrer!... Reculez donc, vous autres!... ils vont se faire tuer!

Mais déjà l'étranger a arraché le nouveau-né des bras crispés de sa mère, et, courant au-devant des baïonnettes, il l'élève au-dessus de sa tête en s'écriant :

— Malheureux! voulez-vous tuer l'enfant que Dieu fait naître au milieu des morts?

— Il a raison : grâce pour l'enfance! ce n'est pas un tyran!

— C'est vrai, le chouan est trop jeune!

— A bas! à bas! c'est un piége!

— Laissez parler le général.

— Je vois du rouge là-bas sur le plancher...

— Ce sont les Suisses!

— C'est du sang!

— Non, c'est un Suisse!

— Je te dis que c'est du sang!

— C'est égal, tirez tout de même!

— Laissez-moi donc parler, milles tonnerres! — dit encore la grande voix.

— Voyons, qui es-tu?

— Un homme du peuple qui sauve l'enfant d'un comte.

— Qu'en feras-tu? un homme du peuple ou un homme du roi?

— J'en ferai un homme.

— Qu'on le laisse passer!

Au même instant la foule s'ouvre comme par enchantement, on jette en l'air les chapeaux et les bonnets.

— Vive le vieux! vive l'enfant!

— C'est la déesse de la liberté!

— Imbécile, c'est un garçon!

— C'est le génie de la république.

— Alors pourquoi le laisses-tu partir?

— C'est l'enfant de Louis Seize! un tyran au maillot!

— Arrête, chien de royaliste!

— Veux-tu bienrap porter Louis Dix-sept?

— Tirez dessus, vous autres! feu donc!

Quelques coups de fusil partent en même temps malgré les cris du général; mais le ravisseur s'est déjà élancé avec son précieux fardeau, et les balles ne font que siffler à ses oreilles.

Le fugitif saute par-dessus les blessés, enjambe les morts, marche dans le sang, franchit la flamme, heurte les affûts démontés et les canons fumants, se glisse comme une ombre sous les noirs guichets, et arrive enfin à la grande foule, où il n'y a que des mains, des têtes et des voix : il la divise, la pénètre, la presse en criant mille fois : Un enfant! un enfant! Et après une heure de luttes, d'explications, de prières et de menaces, il parvient à tourner une petite rue déserte, et se jetant dans une voiture qui l'attend sous une voûte sombre, il s'écrie : Postillon! vingt louis à la première poste! — Et la voiture s'envole; mais bientôt, arrivée dans un quartier ordinairement désert, elle s'arrête devant une autre foule silencieuse et religieusement agenouillée.

C'est un convoi funèbre qui défile lentement sans penser le moins du monde à l'assaut des Tuileries.

L'étranger met la tête à la portière, et reconnaît le convoi du pauvre, mais du pauvre connu, aimé et suivi jusqu'à la tombe. Déjà le cercueil passe; c'est celui d'une femme. Tout-à-coup, une toute petite fille sachant marcher à peine, arrive sur le seuil de la maison funèbre et se met à crier : On emporte maman! Je veux aller avec maman! Et la pauvre enfant descend dans la rue, lorsqu'une vieille femme accourt et lui dit en la retenant par les épaules : Reste ici, Marguerite, ta mère reviendra demain.

A ce nom de Marguerite, l'étranger est vivement ému, car il lui rappelle la Marguerite qui vient de mourir, et il devine qu'il a devant les yeux une orpheline; si le père vivait, ne tiendrait-il pas, à cette heure, sa fille dans ses bras? Il descend bien vite et questionne la vieille.

— Allez, c'est une fière histoire, mon brave monsieur. Elle est orpheline depuis hier. Son père était un fameux ouvrier, qui en gagnait des écus de six livres! Mais sa femme était trop belle, et comme elle était encore plus sage que belle, un grand seigneur l'a enlevée deux mois après la naissance de cette petite fille, et le père, comme de juste, a été enfermé à la Bastille, où il est mort. Malgré ça, celui qui a fait le coup n'est pas un homme! Quelques mois après, par une nuit bien noire, on l'a ramenée dans un beau carrosse dont j'ai tout de même vu les armoiries à la clarté des réverbères; si bien qu'elle n'est pas plus morte dans ce moment-ci qu'elle ne l'était alors, et qu'après avoir embrassé sa fille et pleuré son mari des nuits et des jours, elle a fini par s'éteindre dans mes bras sur le coup de deux heures, en me disant : Prends pitié de ma fille. Sauve-la de la misère, et Dieu t'en récompensera. Voilà sûrement de belles paroles puisque j'en pleure encore; mais, hélas! mon brave monsieur, c'est pas avec des paroles que je peux l'éduquer et le sustenter, ce pauvre cher ange; je vais tomber dans ma soixante-sixième le lendemain de la Saint-Jean, le pain est aussi rare que l'ouvrage, vu qu'on se bat tous les jours dans Paris, et j'ai dépensé mon dernier écu de trois livres pour le cercueil. Mais c'est égal, je n'abandonnerai pas ma petite Marguerite, car Dieu est là! Pas vrai, mon brave monsieur, que Dieu est là-haut?

— Oui, bonne mère! mais n'as-tu jamais entendu prononcer à la victime le nom du ravisseur?

— Si fait; mais seulement dans ses rêves, car elle lui avait pardonné sa mort. C'était un comte, un duc ou un noble, je ne sais pas au juste; elle l'appelait Chapsal, Chapstal.....

— Juste ciel! est-il possible? Chapstal, suis-je destiné à réparer tous tes crimes? Mais quand t'arrêteras-tu donc, malheureux? Bonne vieille, tu l'as dit : Dieu est là-haut! Je vais sauver l'enfant de Marguerite; et toi, prie pour le meurtrier. Donne-moi cette petite fille; je l'adopte. Voici une bourse pour tes premiers besoins, et je te fais une pension qui assure du repos à tes vieux jours.

— Sainte mère du bon Dieu!..... qu'est-ce qu'il dit là?..... Vous emporteriez cette pauvre créature pour l'élever, l'instruire, la rendre heureuse? Mais qu'allez-vous en faire : une comtesse, une reine, une noblesse?

— J'en ferai une femme, bonne vieille.

— Et moi j'en deviendrai folle, c'est sûr. Pauvre petit chéri, tu ne manqueras plus de rien à présent. Ce beau monsieur va te mener en carrosse, à la comédie, à la cour et aux Champs-Élysées. Tu verras le roi et tu auras de beaux petits souliers neufs; on te donnera du sucre jour et nuit, et tu mettras du beau linge blanc... Mais à propos, qui êtes-vous, monsieur l'étranger? Avez-vous des papiers? Est-ce que je vous connais, au bout du compte? Reprenez votre bourse! Non, pas de tout ça! Sainte Vierge du bon Dieu! Est-ce que je vas vendre des enfants sur mes vieux jours?

— Madelaine, ne reconnaissez-vous plus celui qui a visité votre mari à son lit de mort?

— Mon Dieu! mon Dieu! est-ce un rêve?... Pardonnez-moi, monseigneur!...

— Pas un mot de plus, Madelaine, je vous l'ordonne! Gardez un silence éternel sur cette aventure, si vous ne voulez pas perdre mes bontés.

— Pas une syllabe! je couperais plutôt ma langue avec les dents avant de dire un mot! Emportez-la cette chère petite créature, elle sera plus heureuse que moi. Monte dans le beau carrosse, mon chérubin. En voilà une fière de chance! N'oubliez pas la petite pension, monseigneur, car je vais être toute seule à présent. Je vas mettre une fameuse chandelle à la Vierge!

— Adieu, Madelaine; celui qui est là-haut veillera sur votre vieillesse!

La pauvre orpheline se laisse emporter dans la belle voiture où dort l'autre enfant de Marguerite. Sur un signe, le postillon part au galop; mais à la barrière, l'officier du poste fait croiser la baïonnette en criant: Arrête! on ne sort pas de Paris aujourd'hui!

Le voyageur, sans se déconcerter, passe par la portière une petite carte sur laquelle l'officier lit ces mots magiques: « Représentant du peuple en mission. » La garde nationale présente les armes et la voiture emporte dans un tourbillon de poussière le représentant du peuple en mission, tenant sur un genou une petite ouvrière de deux ans, et sur l'autre un comte nouveau-né d'une heure.

Honneur à toi, lecteur, si tu as deviné quelle fut la dernière mission de ce représentant du peuple!

CHAPITRE

QU'IL AURAIT FALLU LIRE AVANT DE JETER LE LIVRE

OU

HORS-D'ŒUVRE

Qui nuit tellement à la marche de l'action, qu'on est prié de ne pas le lire.

Gloire, ambition, armées, flottes, trônes, couronnes, Polichinelles des grands enfants!

Un poëte immortel avant d'être mort.

Si vous avez jeté ce livre avant d'avoir aperçu le titre qu'on a si maladroitement placé en tête de ce hors-d'œuvre, si maladroitement placé lui-même, il est évident, bienheureux lecteur, que tout est fini entre vous et l'auteur, puisque vous serez dispensé de lire non seulement la pauvre histoire qui va suivre, mais encore les lignes qui étaient destinées à vous retenir, qui arrivent trop tard et qui n'arrivent même pas du tout.

Si donc vous avez jeté cette œuvre périssable dans ce coin obscur et fatal des bibliothèques où les projets de constitution, les testaments révoqués, les titres d'emprunts royaux et les lettres d'un ami déchu vont s'endormir sous une triple couche de poussière, jusqu'à ce que la main d'un recors ou celle d'un héritier vienne les remuer : l'auteur modeste, sachant que vous ne devez pas l'entendre, vous dira que vous avez sagement fait ce qu'il aurait dû faire lui-même, et que de plus il vous doit mille actions de grâces puisque vous lui avez épargné le crime abominable de mettre lui-même à mal l'un de ses enfants, d'autant plus chéri que c'est peut-être le plus difforme et le plus malade.

L'auteur croit avoir deviné le secret de votre effroi prématuré; c'est que le sang coule à flots sur la première page, que les cadavres se couchent et s'endorment sur la seconde, et que la troisième est si convenablement garnie de croix funèbres qu'on pourrait en faire un très joli commencement de cimetière communal.

Et pourtant si vous aviez lu ce chapitre, il ne vous serait pas resté un seul motif plausible de jeter l'œuvre à la dent vengeresse des rats scientifiques, puisque vous auriez appris, 1° que l'auteur est aussi fatigué que vous-même, ô lecteur débonnaire, des scènes de carnage et de meurtre; des cadavres, des linceuls et des bières, des squelettes de Radcliffe, des fossoyeurs d'Young et de tout l'arsenal de la littérature galvanique; 2° que s'il entre quelquefois dans un cimetière communal, c'est tout simplement pour y aller pleurer la nécessité qui l'a fait construire; 3° qu'entre le sombre et sanglant prologue destiné à l'intelligence de l'histoire et l'histoire elle-même, il y a autant de différence qu'entre le son de la trompette guerrière et le tendre gémissement de la chèvre des montagnes; 4° que le but moral du livre est de prouver mille choses : et notamment que le bonheur se trouve bien loin du théâtre où se passent les scènes sanglantes qui forment l'introduction, puisque nous touchons à une époque qui a fait subir bien des perfectionnements à l'art de répandre le sang humain sans troubler le plaisir d'un chacun.

En effet, la France, fatiguée des luttes sanglantes de la république, ne va-t-elle pas se jeter prudemment dans les luttes sanglantes de l'empire, et les âmes sensibles qui pleuraient à la vue de l'échafaud ne vont-elles pas bondir de joie à la nouvelle des glorieux carnages militaires? Hélas! le sang français pourra toujours grossir impunément les fleuves étrangers pourvu qu'il ne coule pas dans les rues de Paris (1).

Cette méthode ingénieuse n'a-t-elle pas l'immense avantage de laisser les bourgeois pacifiques faire de la musique, du commerce, de la politique, de la philanthropie, et savourer, loin des instruments de mort et de la mauvaise odeur des cadavres, toutes les voluptés de la civilisation européenne?

La liberté est morte : *Nunc pede libero pulsanda Tellus!*

O civilisation européenne, je te reconnais et je te salue! Maintenant dis-moi, la main sur le

(1) L'auteur n'ignore pas que presque toutes les guerres de l'empire ont été nationales; personne plus que lui n'admire le génie de Napoléon et sa sublime captivité; mais personne n'a moins oublié ses attentats contre la république, à qui il devait et sa fortune et sa plus belle gloire, et l'exil des patriotes les plus purs dans les déserts de Sinamari. L'écrivain doit-il étouffer la voix de sa conscience pour n'écouter que celle de son cœur? Non, sa mission est plus grande; c'est à lui de préparer les matériaux de l'histoire. Ainsi donc : admirons le général et l'homme d'état, blâmons le conquérant, repoussons le despote, et allons pleurer avec toute la France sur cette tombe arrachée à Sainte-Hélène!

cœur, si tu ne ressembles pas un peu à ce bedeau de paroisse qui n'avait pas une minute pour dormir, attendu qu'il réunissait les fonctions de ménétrier à celles de fossoyeur.

Mais puisque l'occasion se présente, il faut que je dise toute ma pensée sur la nation la plus civilisée de l'univers, et je ne vois nul danger à la jeter dans ce hors-d'œuvre que personne ne doit lire, pas même le censeur de la monarchie constitutionnelle.

Chacun sait que le Français, tenu par Boileau sur les fonts de baptême, est né très malin; de sorte que sitôt qu'il a grandi et pris de la barbe, il s'est mis tout de suite à créer le vaudeville; puis les années devenant plus sombres et la barbe plus rude, il a créé le drame. Enfin le Français a pris le long bâton du vieillard, et ses enfants se partageant la succession, ne se sont pas plus trouvés d'accord qu'aucuns héritiers ou héritières.

Les uns voulaient le vaudeville, les autres voulaient le drame; il s'en trouvait bien aussi quelques uns d'assez sages qui ne voulaient ni le drame ni le vaudeville. C'est dans cette crise qu'arrive le grand juge qui prononce l'arrêt d'un ancien cardinal lors d'une représentation populaire, où les uns voulaient voir finir la pièce, et les autres la voir recommencer.

— Pour satisfaire ceux qui veulent qu'on recommence et ceux qui veulent qu'on finisse, son éminence ordonne que l'on continue!

L'homme de guerre va donc arriver qui continuera le drame-vaudeville.

Prenez cette lunette, regardez dans l'avenir, et jugez plutôt.

L'homme du peuple saute de son île sur la terre ferme, bat les Italiens, les Égyptiens et les Parisiens; jette le livre des constitutions par les fenêtres de l'Orangerie, et emporte la France à la baïonnette!

Voilà du drame.

L'homme du peuple qui est entouré de braves soldats et d'amis fidèles, s'avise de rechercher les anciens nobles, et, ce qui est plus miraculeux, d'en faire de nouveaux. Car pour être noble il faut qu'il y ait excessivement longtemps qu'on ait cessé d'être vilain de père en fils : ce qui fait que le vénérable Adam, s'il avait le bonheur de goûter les charmes de notre civilisation, serait en même temps le plus noble et le plus vilain des hommes connus!

Voilà du vaudeville (1).

(1) Faire des comtes et des barons héréditaires, lorsqu'on

Enfin, d'une femme légitime, le sénat et le clergé s'y prêtant, comme d'usage, de très bonne grâce et moyennant rétribution honnête, il choisit une princesse légitime pour s'en faire une épouse assez illégitime. On prélude aux silencieuses amours de l'hyménée par le bruit du canon; Français et Allemands s'égorgent avec une tactique et une bravoure admirables. La fière impératrice arrive portant dans ses veines le sang d'une quantité d'empereurs, et cependant daigne partager la couche d'un ex-sous-lieutenant d'artillerie. Les rubans teints d'un sang moins impérial, mais plus noble et plus généreux, brillent sur toutes les poitrines, et voilà un trône raccommodé, soudé, légitimé et fécondé, jusqu'à ce que la grande explosion se fasse entendre, et que des éclats de ce trône on construise une tombe sublime, gardée par un soldat anglais, et où n'est jamais venue pleurer l'épouse autrichienne.

Voilà du drame-vaudeville, mais où le drame domine pourtant comme dans toutes les pages de notre histoire.

L'empereur éteint, la liberté va-t-elle au moins renaître de ses cendres?

a créé la Légion-d'Honneur, symbole de la véritable noblesse personnelle : quel vaudeville!

Non; car jamais on n'a vu le meurtrier venir rendre la vie à sa victime.

Lecteur, je vous le dis en vérité : si le monde est un théâtre, si la vie est une pièce où il faut absolument jouer un rôle, choisissez l'emploi d'allumeur de chandelles; et pendant le drame, le vaudeville et toutes les comédies, tenez-vous soigneusement sous la rampe, jusqu'à ce que le grand jour se lève enfin. Et si une philosophique curiosité vous pousse, montez une belle nuit sur le théâtre, pendant que les acteurs harassés, brisés, usés et prostitués, dorment profondément, si jamais un acteur de ces drames sanguinaires parvient à goûter le sommeil du juste; glissez-vous sourdement dans le vestiaire; soulevez manteaux, tuniques, couronnes et tiares, les harnais dorés de toutes les espèces; et si vous parvenez à voir ce qu'il y a dessous tout cela, dites-le à tous les dieux vengeurs, mais ne faites point comme l'auteur, ne le dites pas aux puissances de la terre!

Ainsi donc, bénévole lecteur (si le destin veut qu'il s'en soit glissé un seul jusqu'ici), plus de sang! plus de cadavres! Dites : voulez-vous me suivre dans les solitudes sauvages et délicieuses où va naître mon histoire? Venez donc; mais je vous préviens que si la civilisation arrive, je me sauve!

I

LA VALLÉE AUX CHIENS.

La fortune m'a fait descendre d'une montagne élevée dans une vallée profonde. On entendait le vent gémir dans les profondeurs des précipices. Ma chamelle passait où il n'y avait pas de route, où il n'y avait pas d'habitants....

Le vautour vole vers la mer, près de la chaîne des Rochers.

Poëtes arabes.

Non loin des dernières chaînes des Pyrénées françaises rapprochées des grèves de l'Océan, trois montagnes s'élèvent ensemble d'une manière si bizarre, qu'elles semblent n'en former qu'une seule jusqu'à une certaine hauteur, et que, se séparant ensuite, elles dressent vers le ciel trois mamelles bien distinctes dont les pointes blanchies se confondent dans les nuages.

La base intérieure et profondément creusée de cette triple montagne dessine une vallée verdoyante en forme de cuve allongée à laquelle on ne peut arriver qu'après avoir gravi un étroit défilé enfoui sous les roches et les buissons, pour descendre ensuite sur une pente d'une rapidité effrayante vers des abîmes où le regard et la pensée tombent avec effroi.

Ce défilé, où se hasardent à peine les chevaux andalous et les mules de Barcelone, est évidemment l'ancien lit d'un torrent desséché, car il est encore semé de quelques plantes marines rabougries, et obstrué en mille endroits par des quartiers de rocher si luisants, qu'une eau impétueuse comme une avalanche et courant depuis le commencement du monde a pu seule les user et les polir ainsi.

Au milieu de la vallée se dessine et s'arrondit une prairie semée de saules et coupée par cent ruisseaux qui, suivant mille pentes capricieuses, viennent former un lac sur le bord d'une forêt aux chênes séculaires et aux pins gigantesques.

Ces ruisseaux rapides, dont les sources sont alimentées durant les chaleurs par la fonte des neiges et les pluies d'orage, ne cessent jamais de couler même pendant les gelées les plus rigoureuses; aussi la vallée ne tarderait-elle pas à se remplir d'eau jusqu'à la séparation des trois montagnes, si, vers le milieu du lac, un remous écumeux ne faisait pressentir l'existence d'un gouffre à travers lequel les eaux s'échappent en tourbillonnant, pour aller sans doute former, après de longs détours souterrains, le large torrent qui se précipite avec fureur et va troubler au loin les eaux mêmes de l'Océan.

La poésie la plus fantastique ne pourrait deviner quel caprice de la nature, ou quelle volonté secrète du créateur a pu creuser dans le flanc de la triple montagne cette cuve profonde d'où l'on ne voit que les nuages, et du fond de laquelle le regard monte vers le ciel, autour d'un horizon circulaire de buissons échevelés, de roches à demi détachées, et de pins renversés, qui menacent de combler, dans une chute générale, la vallée tout entière.

La forêt elle-même, dont l'ombre épaisse noircit les bords du lac aux eaux argentées, ne paraîtrait au voyageur auquel il serait donné de la contempler du haut de ces pics aériens, qu'une grande touffe d'herbes marines croissant sur le bord de quelque marécage abandonné.

Mais ces vains essais d'une description qui

sera toujours en dessous de la sombre et sublime réalité, ne peuvent que donner une idée imparfaite de cette solitude profonde où viendront bientôt se réfugier les héros de notre histoire; de cette retraite fermée jadis par un torrent infranchissable aux habitants de ces contrées sauvages.

Lorsque, par une de ces révolutions mystérieuses des zones souterraines, le torrent se dessécha tout-à-coup, quelques pâtres aventureux, quelques braconniers affamés, se sont frayé à coups de pioche et de hache un périlleux passage dans ce lit brûlé par le soleil; et si jamais un malheureux proscrit poursuivi par la maréchaussée, égaré par la terreur et le désespoir, s'est hasardé à gravir jusqu'au sommet des pics couverts de neige, Dieu et les chèvres des Pyrénées savent seuls où il aura passé, à quels buissons il se sera accroché, à travers quels torrents il aura fait rouler des arbres déracinés, et combien de nuits il aura veillé dans les cavernes, sans pain et sans feu, avant d'oser descendre du côté de la montagne, au pied de laquelle vient se briser l'Océan.

Vers l'an 1450, l'un des ancêtres de Henri IV, Jean d'Albret, conduit par les hasards de la chasse dans la vallée que nous venons de décrire, y fit bâtir avec d'énormes pierres trouvées et taillées sur les lieux mêmes, un château d'une architecture lourde, mais imposante par ses masses et par l'élévation de ses voûtes sombres appuyées sur leurs énormes piliers romans. Cependant quatre tourelles d'une forme plus légère et plus gothique s'élevaient aux quatre angles du castel, et lançaient dans les airs leurs flèches aiguës.

Ce château servit long-temps de retraite impénétrable à plus d'un grand coupable, et devint ensuite un point de réunion pour certaines chasses royales, où l'on ne traquait pas toujours les gazelles des Pyrénées. Une chronique touchante raconte même qu'une jeune Aragonaise renommée par sa beauté et sa vertu, ayant été enlevée à son vieux père, y fut enfermée si secrètement, que le vieillard désespéré ne put jamais découvrir le lieu de sa captivité. La chronique ajoute que, loin d'être rendue à la liberté lorsque ses pleurs eurent flétri ses charmes, son geôlier devint son bourreau, de peur qu'elle n'allât révéler à la vengeance de sa famille les mystérieuses agonies dont elle avait été la victime.

Ici se place, comme d'ordinaire, une légende à laquelle il ne manque ni les gémissements, ni les apparitions dans les tourelles, ni le bruit des chaînes sur le coup de minuit.

Lorsque le roi Henri, quatrième du nom, fut devenu le vainqueur et le père de ses sujets, qu'il avait commencé par faire mourir de faim dans sa bonne capitale, ce château se réunit aux domaines secrets de la couronne, dont les nobles intendants exerçaient une profession analogue à celle que le public flétrit d'un nom plus infâme lorsqu'il ne s'agit que des obscures voluptés bourgeoises.

Ce fut en vain pourtant qu'Henri tenta plus d'une fois de s'y enfermer avec sa Gabrielle errant à l'aventure dans les ruines de Coucy; il ne put jamais vaincre les terreurs de sa larmoyante maîtresse, et le castel fut alors tout-à-fait abandonné; mais, défendu par sa légende, et plus encore par sa propre figure, il resta vide et silencieux; et le braconnier revenant de ses rondes nocturnes, ne passait jamais qu'à une distance respectueuse de ses murs, tournant souvent la tête en arrière et le doigt convenablement placé sur la détente de sa carabine.

Une fois seulement, un garde-côte crut voir défiler au clair de lune un long convoi de mulets pesamment chargés; puis il vit des lumières confuses briller et courir dans les chambres supérieures. Le téméraire garde-côte s'étant alors hasardé à faire quelques pas dans le défilé, malgré les prières des paysans qui se signaient d'effroi, il ne revint jamais plus. Ce fut pourtant à cette époque que le comte de Chapstal, seigneur de la cour de Louis XVI, connu par son ambition et ses débauches effrénées, fixa son séjour sous ces voûtes abandonnées depuis deux siècles; voici dans quelles circonstances : la clarté de notre histoire exige du reste ces détails.

Le comte deChapstal avait depuis long-temps usé sa jeunesse et sa faveur à la cour, qu'il fut obligé de fuir. Revenant par mer d'un voyage aventureux fait sur les côtes espagnoles, il prit terre à Saint-Jean de Luz et y rencontra la fille d'un patron pêcheur, connue dans toute la Navarre sous le nom de : La belle Marguerite de Saint-Jean.

La pauvre Marguerite était fiancée à un beau jeune homme nommé André, élève du vieux Joseph, prêtre de la cathédrale de P***, et célèbre déjà par quelques écrits théologiques empreints d'une philosophie douce et élevée.

Chapstal, frappé de la beauté de Marguerite, conçut à l'instant le projet de reconquérir les bonnes grâces de la cour, dans un moment où les mœurs de la régence commençaient à refleurir, en y présentant une divinité capable d'attendrir les résistances les plus hautaines et d'amollir enfin les regards du chaste monarque.

Le comte alla donc trouver le vieux marin, ne dédaigna pas de boire à la même cruche quelques coups d'une véritable ale anglaise un peu aigre, tout en faisant sonner bien haut le nom de ses ancêtres et son prétendu crédit à la cour.

Le marin était avare, brutal, et depuis longtemps habitué à préférer la perte d'un mousse à celle d'un tonneau de harengs; il revint donc facilement sur sa parole, et promit sa fille au comte de Chapstal.

Le rusé pêcheur s'engagea en outre à ne jamais quitter Saint-Jean de Luz, comprenant à demi-mot qu'on ne s'aviserait jamais de demander au beau-père d'un comte s'il n'entretenait pas quelques liaisons familières avec les contrebandiers de la côte française ou espagnole.

La pauvre Marguerite que le vieux patron eût donnée avec retour pour un fils capable de conduire une barque légère dans les brisants, et de faire le coup de carabine avec les gardes-côtes, fut donc vendue et livrée malgré ses larmes; le comte de Chapstal la conduisit froidement à l'autel, et trouva tout naturel qu'elle s'évanouît lorsque tout-à-coup elle vit, derrière un pilier, la figure pâle du pauvre André.

Un mois après, la comtesse Marguerite fut présentée à la cour, et y fit plus de bruit que la convocation des États-Généraux signés le même jour par le roi; les courtisans ne se doutant point que les susdits États convoqués pour apporter des écus à la capitale y apporteraient une révolution.

La reine nomma la comtesse de Chapstal sa première dame d'honneur, et lui donna un appartement près du sien. Quelques jours après, et l'on ne sait pourquoi, le mari fut éloigné. On constitua tout-à-coup en majorat le vieux château de la Vallée, en y ajoutant les domaines de Saint-Nicolas-aux-Forges, et on fit entendre à Chapstal qu'il ferait bien d'aller surveiller l'exploitation de ses terres et les coupes réglées de ses forêts.

Un mot seulement sur le pauvre André. Après avoir fait une longue maladie il se jeta dans les ordres, répandit dans ses sermons l'amour et la sombre douleur qui le dévoraient, et devint un grand prédicateur.

Appelé à représenter le clergé dans l'assemblée législative, son nom fut bientôt célèbre, et devenu évêque, il offrit un phénomène bien rare dans l'histoire des consciences humaines, car il n'en resta pas moins l'un des plus purs et, des plus fervents défenseurs de la cause nationale.

Cependant l'effréné Chapstal ne pouvait rester sans femme ; il eut donc recours à un expédient usé, mais toujours en faveur. Il fit enlever dans Paris même une Marguerite presque aussi belle que la première, et alla s'enfermer dans le vieux château, où il réorganisa les mystérieuses agonies de la terrible légende qui elle-même lui servit de modèle.

Cette fois, ce fut en plein jour qu'on vit arriver dans la vallée une longue file de mulets chargés et conduits par une foule de valets dont le visage était aussi sombre que l'aspect du défilé lui-même.

On remarqua au milieu du convoi une litière soigneusement fermée et portée par quatre hommes, qu'à leur costume singulièrement négligé et à leur teint basané on aurait pu prendre pour des contrebandiers espagnols : le comte de Chapstal suivait la litière, monté sur un petit cheval basque; et soit qu'il se sentît porteur d'une mauvaise conscience, soit qu'en entrant dans ces retraites silencieuses il voulût jeter un dernier regard sur cette cour corrompue où il avait laissé l'infortunée Marguerite de Saint-Jean, toujours est-il qu'il tournait souvent la tête du côté de la France.

L'arrière-garde de ce singulier convoi était formée par une meute complète de dogues énormes, sous la conduite spéciale et paternelle d'un petit homme aux dents aiguës et aux yeux profondément renfoncés, à qui les valets ne parlaient que la tête découverte, et qu'ils appelaient : Monsieur le majordome William.

Le croira-t-on? le château habité de nouveau devint plus sombre et plus redouté que jamais. Les valets, presque tous anciens pirates recrutés et tenus sur le pied de guerre par ce William, ancien associé du pêcheur de Saint-Jean-de-Luz, et dont on ne connut jamais bien ni l'origine ni la véritable patrie, avaient reçu l'ordre de ne plus franchir le défilé, et de garder le silence le plus absolu si quelque curieux était assez téméraire pour leur adresser une question; en admettant que celui-ci eût eu l'audace de franchir ledit défilé pour satisfaire une pressante curiosité.

Cependant il y avait là-dedans des mœurs et une sorte de religion maritime : à neuf heures du soir et dès le premier coup du couvre-feu sonné par la cloche de la chapelle où l'équivoque aumônier d'un vieux brick armé en courses disait la prière, toutes les lumières s'éteignaient à la fois, et on ne voyait plus qu'une sombre lueur transparaître à travers les triples rideaux des appartements du maître. Alors le majordome faisait la ronde, armé d'un trousseau de clefs qui eût semblé trop lourd à la main d'un geôlier royal; enfin il arrivait dans les cours, levait la herse, baissait le pont-levis et ouvrait les poternes.

C'était, n'est-il pas vrai, une singulière et nouvelle manière d'établir la sûreté d'un château pendant la nuit! mais peut-être serez-vous moins inquiet sur le danger que courait cette intéressante demeure, lorsque vous saurez que le majordome, après avoir ouvert toutes les portes du manoir féodal, ouvrait aussi celles d'une arrière-cour d'où s'élançaient avec furie six couples de dogues qui se répandaient dans les galeries, rôdaient autour des remparts, sortaient, rentraient, aboyaient et hurlaient; tandis que les plus agiles et les plus affamés donnaient, aux environs, la chasse aux sangliers, aux loups, et aux contrebandiers, avec une fureur que l'ingénieux William avait soin d'entretenir par un jeûne plus fréquent que l'église ne le prescrit aux fidèles.

Peut-être, ô lecteur naïf, avez-vous déjà pensé que vous aimez mieux la silencieuse solitude de votre petite maison, au risque d'y être moins en sûreté, n'eussiez-vous même qu'un tout petit chien moins destiné à défendre le logis qu'à prendre trop souvent part à la conversation; et peut-être avez-vous tiré cette conséquence, que vous ne vous endormiriez qu'avec peine dans ce noble et tumultueux repaire.

Si cela est ainsi, vous avez le désagrément de vous trouver en opposition flagrante avec les goûts du seigneur et maître, lequel se plaisait à dire : qu'il s'endormait délicieusement toutes les fois qu'il entendait le vent ébranler les volets et les vitraux, la tempête mugir et les chiens hurler, et que si la Providence permettait que l'ouragan complétât la fête en y apportant les rumeurs menaçantes de l'Océan, il éprouvait alors des jouissances inexprimables, et le désir que la nuit se prolongeât jusqu'à la fin de son existence au milieu de ce mélodieux concert des éléments déchaînés.

Les valets eux-mêmes, dont les gages étaient proportionnés à la gracieuseté du séjour et à la tâche difficile de garder sur toutes choses un silence absolu, finirent par partager les goûts du maître; de sorte que, par les nuits de tempête, le château tout entier dormait comme un seul homme. Quelquefois même ces délégués de toutes les nations s'avisaient d'être spirituels, et rencontrant le majordome qui dès l'aurore faisait rentrer, fouet levé, tous les dogues rassemblés d'un seul coup de sifflet, ils lui demandaient avec un sourire plein de charmes si Turc n'avait pas étranglé Sultan (ceci sans allusion aux mœurs de la Sublime Porte), et si la sensible Malvina, qui venait de donner le jour à onze petits, n'avait étranglé personne?

Quant au majordome, il avait un jour déclaré qu'il se jetterait à la mer s'il perdait le gouvernement de ses chiens, seule famille qui lui fût connue; et comme il avait de fréquentes insomnies, il passait des nuits entières à les entendre hurler. Il est vrai que pour jouir plus commodément de cette douce harmonie, il s'asseyait dans un grand fauteuil près d'un bon feu, et appuyait les deux coudes sur une table convenablement garnie de bouteilles dont les formes variées lui rappelaient agréablement les pays divers qu'il avait parcourus. L'ameublement même lui rappelait sa chambre de capitaine dans l'on ne sait quel navire de la marine de Tunis, où il buvait comme un moine jusqu'à ce qu'il finît par ronfler comme un Allemand qui vient de doubler une étape.

Depuis cette époque, l'intérieur de la triple montagne prit le nom de Vallée aux Chiens, titre assez généralement approuvé pour qu'aucun critique n'ait osé jusqu'ici aller l'attaquer sur les lieux mêmes.

Je ne sais si le lecteur a la passion des voyages agréables et peu coûteux : si quelquefois, muni d'un double bonnet de soie et d'une excellente paire de pantoufles, il lui prend la fantaisie de partir le soir, après souper, de Paris, ou même de Bercy ; de filer le long de la Seine, de s'embarquer au Havre, de doubler les Iles Britanniques, de mettre pied à terre à Hambourg pour traverser la Prusse, de courir sur un traîneau attelé de quatre élans jusqu'à Saint-Pétersbourg, en passant par l'infortunée

Varsovie, pour mieux contempler ensuite la figure du noble empereur Nicolas; de voler un million de fois plus vite que les wagons anglais jusqu'à Pékin et Canton, en passant par Tchang-tcha, Toung-ningtou et le lac Khou-khou-noor, pour visiter le tombeau de Confucius et la tour de porcelaine dans la fameuse ville où l'on mange sur des assiettes de terre; puis, léger comme un singe fantastique ou un écureuil imaginaire, de sauter par-dessus la grande muraille de la Chine; de voguer ensuite sur la mer Rouge pour enjamber l'isthme de Suez et revenir par la Méditerranée (et le même soir, entendons-nous bien), prendre une excellente tasse de thé chinois capable de terminer une digestion si bien commencée par cette agréable promenade, et s'endormir ensuite profondément dans les souvenirs de son voyage, sauf à rêver jusqu'à l'aurore d'empereurs, de singes, de villages en porcelaine et de villes en terre cuite!

Si vous me ressemblez, aventureux lecteur, jusqu'à faire de si longs voyages le compas à la main sur une excellente mappemonde, il vous sera facile de faire quelques pas de plus dans l'intérêt de notre histoire, et de vous convaincre qu'après avoir quitté la ligne des Pyrénées qui se dirige vers l'Océan, le village le plus rapproché de la Vallée aux Chiens est *Mont-perdu*.

Ce point est très important à constater, car c'est précisément dans ce bienheureux village que les fortes têtes sont, depuis l'arrivée du comte de Chapstal, en travail d'imaginations, de suppositions et de déductions, toutes plus profondes les unes que les autres, pour deviner les brusques motifs qui ont pu chasser ce noble seigneur de la brillante cour de Louis XVI, et le pousser dans cet affreux repaire au milieu d'une famille si complète d'écumeurs de mer et de dogues d'Angleterre, de Danemark et d'Islande.

L'ex-percepteur des gabelles, qui deviendra, lorsque les abus seront foulés sous le passage de la liberté, receveur des contributions directement ou indirectement prises dans la poche des contribuables, soutenait que Chapstal venait fabriquer sourdement, dans les immenses caves du château, des écus d'or assez semblables à ceux qu'il avait perdus au pharaon royal contre un fermier-général, deux douairières veuves et trois archevêques.

Le curé de la paroisse, âgé de vingt-six ans,

dont les yeux noirs brillaient dans l'ombre, qui confessait les jeunes filles, refusait d'enterrer les vieillards, parlant plus souvent de l'enfer que du ciel, et de la méchanceté du diable que de la bonté de Dieu, affirmait que les luthériens, les calvinistes, les jansénistes, les abéliens, les nominaux, les novatiens, les encratites, les zuingliens, les manichéens, les jacobites, les spinosistes, les juifs, les karmatiens, et en général tous les hérétiques, capables de massacrer les trois quarts des Français pour imposer leur religion au reste de la France, y tenaient des conciliabules nocturnes, où l'on méditait une Saint-Barthélemy de catholiques!

En conséquence, il déclarait solennellement qu'à l'avenir il se mettrait sur le cœur, en guise de cuirasse, et sous la soutane, une triple peau de chacal que le grand inquisiteur de Goa lui avait envoyée.

Le garde-chasse, dont la carabine se baissait comme d'elle-même pour coucher en joue le gibier royal, et dont les jambes extrêmement longues avaient plus d'une fois guidé les contrebandiers espagnols, soutenait que le castel de la Vallée aux Chiens était purement et simplement un repaire de contrebandiers français qui fournissaient de bonnes lames de Tolède aux chefs de la prévôté de Paris, les plumes et les fourrures du Kamtschatka aux dames d'honneur de la reine, et de belles étoffes rouges d'Écosse à tous les parlements de France.

En conséquence, le forestier jurait par le diable qu'il partirait, une belle nuit, suivi de son sabre et précédé de sa carabine, et qu'il arrêterait tous ces flibustiers, de sa propre main.

L'ex-bailli, dont le nez était plus long qu'un nez ne doit l'être lorsqu'il a le sentiment des convenances, prouvait avec une logique entraînante, renforcée de citations latines, provençales et nasillardes : qu'il lui semblait démontré de la manière la plus palpable, que la conséquence la plus mathématiquement immédiate à tirer des indices les plus apparents de l'affaire en litige était : que le manoir de la Vallée aux Chiens avait la fâcheuse physionomie d'une habitation où il n'était pas impossible qu'il ne se passât des choses peu en harmonie avec les sages exigences des lois du royaume, et notamment avec l'édit du prévôt de Paris du 14 août 1121 ou 22, non, 21, relatif à la divagation des bêtes nuisibles, autrement dit des chiens enragés.

En conséquence le vieux juge déclarait qu'à compter de ce jour il s'enfermerait pour compulser et approfondir les lois, us et coutumes sur la matière, et que, dès le coucher du soleil, il ne laisserait plus sortir sa femme ni sa chienne.

Ces diverses et judicieuses inductions ne furent vérifiées qu'au retour du fermier Aubry, qui était allé payer au nouveau seigneur la redevance annuelle du domaine de Saint-Nicolas-aux-Forges.

L'intendant William, qui tenait à avoir des rapports de bonne intelligence avec le fermier Aubry, l'avait retenu, une nuit que le vent du nord se brisant aux crêtes de la montagne venait s'engouffrer dans la vallée et battre les vitraux de la cuisine où brillait un grand feu.

— Asseyez-vous là, père Aubry, lui avait-il dit; neuf heures sonnent; je vais donner le coup du couvre-feu, lâcher mes petits agneaux, faire une descente à la cave et revenir vous tenir compagnie: j'ai bien des choses à vous dire, estimable Aubry.

Le craintif fermier resté seul n'était pas trop à l'aise au milieu d'un silence qui n'était interrompu que par le gémissement du vent qui passait sous les portes et sifflait dans la cheminée. Mais ce silence ne tarda pas à être troublé par le bruit des clefs et les aboiements de la meute entière, auxquels venait se mêler la grosse voix du majordome : — Ici, Sultan! tu vas te faire dévorer, mon jeune ami! Malvina chauffe ses petits, et c'est une mauvaise poule quand elle couve ses œufs! Mille sabords! ce grand diable de Turc a failli m'emporter en me passant dans les jambes!

William rentra enfin, convenablement chargé, et tout en posant bon nombre de cruchons sur la table il dit : — Comme vous êtes pâle, Aubry! ce sombre château est si exposé aux vents du nord qu'il y gèle en plein été. Asseyons-nous devant ce chêne qui brûle tout entier dans cette petite cheminée, et voici, pour finir de vous réchauffer, quelques pots de genièvre hollandais, et d'une excellente ale d'Ecosse que les gardes-côtes de Saint-Jean espéraient bien déboucher avant nous. Causons et buvons, père Aubry, nous avons un petit compte à régler ensemble.

Les deux amis firent dos à la flamme et face aux bouteilles. Peu à peu le majordome sentit s'épanouir en lui une chaleur communicative qui le faisait boire de plus en plus à la santé du fermier Aubry, lequel ne buvait souvent que dans un gobelet vide, et qui, les bras paternellement croisés sur le ventre, tournait avec bonhomie le pouce de sa main droite autour du pouce de sa main gauche.

Le fermier Aubry, dont la mère était sage-femme et le fils aîné curé de la paroisse, passait pour le plus juif et le plus dévot des marguilliers du département des Basses-Pyrénées, et il avait ceci de commun avec la police du royaume, qu'il aimait à tout savoir et particulièrement les secrets.

Le fermier Aubry se disait tout simplement en lui-même : Si William jase trop cette nuit, demain le majordome diminuera la redevance pour me faire taire : attention, Aubry! et ne bois pas trop, de peur de noyer ta mémoire.

Peu à peu le majordome versa de si grands flots de l'excellente ale d'Ecosse dans le torrent de la conversation que le moulin des confidences se mit à tourner rapidement.

— Sainte Vierge du bon Dieu! disait le fermier, savez-vous, monsieur William, que je vous écouterais là pendant quarante jours et quarante nuits sans boire ni manger?

— Mille frégates ! répondit William,— jeûnez si vous voulez, mais buvons jusqu'au jour! D'ailleurs je ne vous conseille pas de sortir dans la campagne avant la rentrée de mes chiens!

Et William, pour donner l'exemple, se mit à boire comme s'il eût été chargé d'alimenter la rivière de Montperdu.

Aussi dès que le moulin du majordome commença à tourner, le fermier Aubry s'arrangea de la manière la plus commode pour recevoir la farine dans son sac.

II

LE

MOULIN DU MAJORDOME

Et le sac du Fermier.

« Ma mère ne s'occupait qu'à mettre les enfants au monde,
» et mon père qu'à les en ôter; je suis donc, comme Socrate,
» fils d'une sage-femme; mon père était un vénérable docteur
» en médecine! »

LESAGE.

Le métier que tu fais, mon vieux, te rendra quelque jour plus court de la tête.

BALZAC.

— Nous disions donc, père Aubry, que le domaine de Saint-Nicolas-aux-Forges doit vous valoir, bon an mal an, la charge de six braves mules de Séville, en bons écus de six livres, et que c'est bien six mille livres en beaux louis d'or ayant le poids, que vous compterez le jour de Saint-André prochain à votre ami William pour ses soins et bons offices... Pas un mot sur les six mille livres, père Aubry, car j'ai une petite proposition à vous faire au moyen de laquelle il vous sera facile de regagner la somme entière.

—Est-il possible?... bon monsieur William! je vous promets les quatre jambes de tous mes cochons gras, et la tête avec, si ça peut vous être agréable, à condition que vous me ferez regagner mes six mille livres.... Est-ce six mille livres?... non, cinq mille livres...

— Si fait : six mille livres; inutile de jouer au fin, père Aubry! à bon fermier bon majordome!... il fait un vent de tous les diables!... Voici mes propositions : je ne suis pas si vieux qu'on le croit; il y a soixante ans à peine qu'a commencé cette fameuse peste de Jérusalem dont on m'a toujours dit que ma mère était morte en me mettant au monde. Je suis encore vert comme bois qui pétille. J'ai une grande expérience et quelques petites épargnes. Vous avez, je crois, une fille nommée Madelaine?... Je n'ai jamais eu d'épouse.... légitime, père Aubry. Si vous me donniez votre petite Madelaine, hein, père?... Est-ce que les six mille livres n'entreraient pas dans la dot? Avant de répondre il faut boire un coup. Nous sommes si bien tout seuls auprès de ce bon feu! Que votre Madelaine serait donc heureuse avec moi! Tous les soirs je lui raconterais mes aventures sur terre et sur mer, à ce beau petit ange!... Entendez-vous Sultan? Il hurle comme un loup qui n'a pas mangé depuis le commencement de l'été; ne dirait-on pas qu'il chante dans un tonneau vide?..... Allons, buvons encore un coup, et dites-moi si je puis définitivement compter sur votre petite Madelaine; ne sera-t-elle pas bien heureuse ici, père Aubry?.

— Si ma grande Madelaine serait heureuse avec vous! comme un poisson d'eau douce qui arrive dans la mer! qu'est-ce que je dis? comme un poisson de mer qui arrive dans l'eau douce! Mais je dois vous avouer qu'il y a une grande difficulté : d'abord elle a un caractère qui n'irait pas avec le vôtre, monsieur William; vous êtes si bon et si doux! Ma grande Madelaine a toujours été un peu têtue et fort amoureuse; si bien qu'elle est mariée depuis quatre ans avec le gros chantre de la paroisse, même qu'elle est accouchée de son sixième la nuit dernière, qui est une petite fille, et pour peu que vous désiriez la tenir sur les fonts...

— Assez! mille noms de tous les diables! il

fallait parler tout de suite! Je ne veux pas épouser l'impossible! êtes-vous simple?... est-il simple, ce gros richard d'Aubry?

— Que voulez-vous, majordome? j'ai pas été élevé dans les gros livres! Travailler, spéculer, lier les deux bouts, boire un petit coup, et faire deux jumeaux tous les ans à la mère Aubry, voilà toute la science du pauvre fermier. Et puis, est-ce ma faute si sur dix garçons je n'ai que trois filles?..... Car j'ai encore la grande Louise et la petite Amanda qui sera rousse : oui, j'en ai treize. C'est un mauvais point, mais je connais la mère Aubry, elle n'en restera pas là!...

— A propos, votre Louise pourrait bien être mon fait, Aubry.... Mais on ne s'entend pas avec ces chiens damnés! écoutez donc leur bacchanal!... Et que dites-vous de mon idée par rapport à votre grande Louise?

— Excellente, majordome! s'il n'y avait pas une autre difficulté... D'abord, son oncle d'Amérique, qui, comme de juste, est un beau-frère à moi, puisque c'est un propre à madame Aubry, ne vient-il pas de l'instituer héritière d'une fortune scandaleuse?

— Inutile d'aller plus loin! mille frégates!

est-ce que je crains l'oncle? J'épouse la nièce; ceci n'offre pas la moindre difficulté.

— Si fait, si fait; car l'oncle arrivé à Montperdu depuis deux mois pour revoir la famille est justement parti ce matin pour Saint-Jean-de-Luz, qui est, comme vous savez, à cinq fortes lieues d'ici.

— Et quand il y en aurait dix, quinze, vingt de lieues? croyez-vous que je n'ai pas de jambes? Diable! ceci en vaut la peine! Ah! l'oncle lui veut du bien? Te tairas-tu, Sultan? Allons, je ne recule pas; je suis décidé à tout: je me marie! Quel gendre vous allez avoir, Aubry! Le majordome d'un Chapstal! j'ai vu du pays et j'ai des talents qui ne me laisseront jamais manquer. Je bois ceci à la vôtre, Aubry! elle pince comme tous les diables cette coquine d'ale! A un beau-père on doit tout dire: j'ai d'abord été matelot dans la marine anglaise, mais bientôt j'ai eu un grand avancement.... dans la marine du bey de Tripoli, qui est, entre nous soit dit, un peu pirate; et cela m'a tellement dégoûté que j'ai planté là le bey, le dey et tout l'alphabet des bédouins! Mais après de grands malheurs je revins sur une autre plage de l'Afrique, et comme je suis naturellement industrieux, et que j'avais fait quelques études chimiques à l'Université de Constantinople, j'ai obtenu le titre d'apothicaire intime de l'empereur de Maroc.

Mais puisque je suis en train de vous ouvrir mon cœur, estimable beau-père, je vous dirai que ma sensibilité naturelle m'empêcha de rester long-temps dans ces terribles fonctions; l'empereur m'obligeait à faire une foule d'expériences et de drogues dont je profitais comme savant, mais qui soulevaient ma conscience d'honnête homme; et ma foi! je partis une belle nuit emportant toute la pharmacie de l'empire, et ne laissant à l'empereur que les bouteilles vides! J'arrivai en France, précédé de ma réputation et suivi de mon attirail scientifique; je fus reçu médecin par une Société de médecine secrète attachée à la police; j'obtins la confiance de plusieurs dames célèbres maltraitées par leurs maris, et j'eus l'honneur de devenir le chimiste de la chambre Ardente. Mais quelques désagréments survenus à Cardillac, un ingénieux joaillier à qui je portais un vif intérêt, me navrèrent le cœur, et je me réfugiai à Saint-Jean-de-Luz où je fis des affaires sur la côte avec le beau-père de Chapstal. Cet estimable comte m'ayant vu franchir les brisants dans une simple barque sous les bordées des gardes-côtes, et sans perdre un ballot, admira mon sang-froid et me fit son majordome. L'emploi est moins noble, mais plus lucratif. Voilà en peu de mots toute mon histoire, futur beau-père; et qu'on me dise si je ne suis pas digne d'épouser la fille du fermier le plus honnête des Basses-Pyrénées!... Ainsi tout est conclu : j'épouse Louise au risque de devenir le neveu de son oncle!

— Juste ciel, comme il court! Ne vous ai-je pas dit, monsieur William, que ledit oncle qui a des millions, des mille et des cent, a emmené ce matin votre Louise à Saint-Jean? Or, si vous m'aviez laissé achever, je vous aurais appris que profitant d'un vent favorable, l'oncle et la nièce se sont embarqués, sur un navire de trois cent cinquante et quelques tonneaux, pour les Grandes-Indes, où Louise doit être placée dans les cannes à sucre, et commander deux ou trois mille nègres.

—Que Lucifer te pique avec sa grande fourchette au fond de sa marmite infernale, damné fermier de tous les diables!

— Ne vous emportez pas, monsieur le majordome! j'en suis plus puni que vous-même, s'il est bien vrai qu'il faut absolument que je vous compte cinq mille...

— Six mille livres, pas vrai, Aubry? Tu as raison, la colère empêche de boire; ne nous fâchons plus et buvons toute la nuit, d'autant plus que je commence à m'étourdir.... Mais j'y pense, et votre Amanda, père Aubry, je n'ose pas la demander, celle-là: va-t-elle aussi civiliser deux ou trois mille nègres?

— Pour le coup, vous voulez rire, majordome; quelle singulière idée! il y a des moments où, malgré tout le respect que je vous dois... je...

— Et quoi? n'est-il pas honorable pour un simple fermier d'épouser... c'est-à-dire de contracter alliance avec un majordome?

— C'est mille fois trop d'honneur! mais est-ce là une bonne raison pour vouloir épouser cette pauvre petite Amanda, qu'il est deux heures à votre pendule, et qu'il y a juste quinze jours que madame Aubry a mis au monde cette chère petite mère qui boitera peut-être toute sa vie, attendu qu'elle a une jambe de moitié plus courte que l'autre... C'est donc positivement cinq mille livres que je vous compterai, puisque c'est ma dernière fille, et que vous ne pouvez guère attendre après celle-là....

Ces dernières paroles, dites à propos, sauvèrent l'imprudent fermier, car le majordome avait saisi un pot plein d'ale avec l'intention assez présumable de le briser sur la tête de son interlocuteur; mais au souvenir des six mille livres, il se contenta de lever le vase jusqu'à la hauteur de sa figure et de dire :

— Le diable m'emporte, si ce n'est pas là un pot de Bernard de Palissy! on reconnaît ça aux têtes de sanglier et aux queues de lézard... Six mille livres, Aubry! buvons!

A cet endroit si intéressant d'une conversation qui nous initie à l'histoire et au caractère de deux héros appelés à influer sur la destinée de nos principaux personnages, un violent coup de sonnette retentit soudain dans la vaste cuisine, et le majordome courut en criant :

— Quel coup! Chapstal tire le cordon comme s'il voulait casser la queue du diable! Je sais ce que c'est : il ne peut pas dormir cette nuit, la tempête n'est pas assez furieuse. Je reviens dans une minute, Aubry, buvez toujours!

Le fermier, abandonné de nouveau à cette heure avancée de la nuit où on n'entendait plus le pas des valets dans les galeries, éprouva une terreur insurmontable. Il se tint constamment le dos contre la muraille pour mieux voir dans la chambre. De plus braves ne se seraient pas sentis à l'aise; le vent, comme s'il eût voulu obéir à l'appel du comte de Chapstal, redoublait de fureur, et, passant dans la cheminée comme dans un tuyau d'orgue aérien, entonnait une note tantôt aiguë, tantôt grave, mais toujours la même; le balancier de la vieille pendule retombant en cadence semblait marquer la mesure de cette musique fantastique qu'accompagnaient avec une harmonie singulière les hurlements de la moitié de la meute, tandis que l'autre moitié aboyait après la lune qui commençait à briller à travers les sapins des montagnes.

Heureusement que le majordome rentra bientôt dans un accès de gaieté.

— Nous voici libres pour le reste de la nuit! Chapstal, qui a commis l'imprudence d'ouvrir la soupape aux remords, m'a fait préparer un breuvage capable d'endormir debout un cercle d'héritiers à la lecture d'un testament. Pour moi, qui n'ai pas envie de dormir, j'attaque le genièvre de Hollande, et je bois à ton bonheur, Aubry!

— Que Dieu vous le rende, majordome!... Vous savez donc composer des breuvages qui endorment?

— Ex-apothicaire de l'empereur de Maroc!... Qui endorment aussi long-temps qu'une âme pécheresse peut le désirer. L'homme marche avec le monde, Aubry, et il y a dans mon officine plus d'une fiole capable de donner à une créature humaine un sommeil si profond, que Dieu seul pourrait faire la drogue capable de le réveiller! Mais ce n'est pas là une raison solide pour nous empêcher de boire!

— Je me charge de verser..... Une fameuse science tout de même que vous avez là! Pour moi, je suis ignorant comme un frère portier, et j'ai été deux ans avant de savoir servir la messe par cœur..... Mais si votre drogue endormait pour long-temps votre maître?

— Monsieur le comte? Tant que je serai son majordome, jamais! Chapstal a eu des chagrins qu'il m'a tous confiés, et que je suis incapable de..... Fi donc! Un amour malheureux pour une femme dont tu as peut-être entendu parler..... Marie-Antoinette.

— La reine!

— Rien que ça! Mais il a mal pris son jour;

on l'a chassé. L'ambition le ronge; il ne dort plus. Faut-il être bon chimiste, hein, Aubry, pour faire dormir un ambitieux? Juste la même dose que je servis à l'empereur que tu sais, cette fameuse nuit où il lui était impossible de goûter les douceurs du repos, parce que dans la journée il avait fait étrangler sa favorite, ses quatre enfants et une dizaine de beys tous plus coupables les uns que les autres!

— Buvez, monsieur William, car vous en savez plus long que beaucoup de nos docteurs.

— Des ignorants que tes docteurs! Que dis-je? il faut quelquefois bien de la science pour empêcher une maladie de se guérir en trois jours! Je sais cela, moi qui ai été le médecin de plus d'une veuve. Pauvre Chapstal! il a perdu une maîtresse renfermée dans ce château..... c'est-à-dire pas perdue précisément, puisque nous l'avons renvoyée à temps. Je vous dis ceci, à vous, Aubry, car il est facile de voir que vous êtes un homme sans conséquence.

— Vous me faites beaucoup d'honneur, monsieur le majordome! Cependant je ne suis plus ce que j'ai été; je commence à devenir vieux et à m'user, surtout du côté de la mémoire: ne demandez pas à mon oreille droite ce qu'on vient de dire à mon oreille gauche! Vous disiez donc que dans ce château même il y avait une..... Hein? ce gaillard de comte!

— Quand je dis une maîtresse... par mesure d'emprunt forcé. Marguerite était la plus belle femme de Paris avant l'arrivée de Marguerite de Saint-Jean à la cour..... Mais cette dernière ayant subi quelques avaries, et mon maître étant chassé au large, il fallait bien se ravitailler d'une autre femme. Pour comble de malheur, celle-ci était vertueuse, et le mari jaloux comme tous les diables de l'enfer, si toutefois les diables ont le bonheur de jouir des douceurs d'un ménage bien assorti dans les régions infernales, où il paraît qu'il fait une chaleur telle, que rien que d'y penser ça me donne une soif diabolique... Aubry, je bois à ta prochaine entrée dans le paradis!

— Pas tout de suite, monsieur William! car j'ai encore bien des choses à faire dans ce bas-monde, s'il est vrai que la mère Aubry doit me donner les deux douzaines..... Vous me disiez donc que le mari était jaloux comme.....

— Quel mari?

— Je n'en sais rien, majordome.... Il me semblait pourtant que vous m'aviez parlé

d'une maîtresse qui..... ou d'un mari que.....
O malheureuse mémoire!

— J'y suis : le mari, n'est-ce pas? Un imbécile! Il y avait de l'or à gagner. Je lui en aurais plutôt cédé une de femme! Voyant cela, j'ai dit à Chapstal qu'on pouvait arranger l'affaire à meilleur compte, la Bastille étant un séjour d'autant plus agréable et moins coûteux que les maris jaloux ont l'honneur d'y être entretenus aux frais de l'État. Chapstal a souri à l'idée; mais comme il n'avait pas de lettre de cachet.....

— Comme c'était contrariant!..... Alors?

— Eh bien, je lui en ai fait une..... Remarquez-vous que mes dogues hurlent depuis une demi-heure dans la direction de Paris?..... Le comte m'a dit qu'on allait se battre dans la capitale, et que Sa Majesté enverrait l'Assemblée nationale siéger à Charenton. Mille pirates! est-ce que de si loin mes chiens sentiraient les cadavres? Le vent vient de France, Aubry, le vent vient de France!

— Et quand le vent viendrait de France, monsieur William? Cela ne pourrait que faire du bien à mes récoltes, qui commencent à griller. Je pleure dessus tous les jours; mais tout ça ne vaut pas une petite pluie. Mon fils a déjà dit une messe à mon intention, sans compter toutes les chandelles que madame Aubry a fait couler dans la chapelle de la Vierge. Le suif est bien cher, monsieur William!..... Vous disiez donc qu'on l'avait logé à la Bastille? un beau monument, à ce qu'on m'a dit, que la Bastille! Quel dommage que ces maudits Parisiens aient détruit une maçonnerie toute en pierres de taille, qui a dû coûter des mille et des cents!

— Des imbéciles! à qui l'on en fera bâtir d'autres pour lesquelles ils brouetteront le mortier après avoir payé les pierres! Souviens-toi de ça, Aubry, car j'ai appris bien des choses dans l'empire de Maroc!

— Je ne donnerais pas pour un écu de trois livres la moindre de vos paroles, monsieur William! Et... et vous disiez qu'après l'avoir logé à la Bastille?...

— J'ai trouvé l'épouse dans sa petite chambre, belle comme une vierge et pleurant comme une Madelaine! Séchez vos larmes, lui ai-je dit; je ramène votre mari; et, pour ménager votre sensibilité, je l'ai laissé en bas dans la voiture. — Au même instant, Marguerite dépose sa fille dans son berceau; si tu savais quel joli petit ange! s'élance si vite dans l'escalier, que j'ai peine à la suivre, se jette par la portière entr'ouverte et tombe dans les bras du comte de... Inutile de prononcer les noms de famille! Je saisis le moment, je ferme la portière, les stores tombent, je monte sur le siége, et fouette, postillon! un louis par poste! et des cris et des gémissements que ça me fendait! Mais je ne veux plus penser à tout ça, je veux m'étourdir. Buvons, Aubry! Vive l'Écosse pour l'ale double, les douaniers de Saint-Jean pour la laisser passer et les majordomes pour la boire! Buvons! mille millions de frégates, de corvettes, de bricks et de tartanes! sans oublier les gracieuses goélettes avec leur forêt de voiles sur une coquille de noix, et qui filent, qui filent comme une hirondelle de mer poussée par un coup de vent, lequel est si dangereux sur la côte, que j'aime mieux la tempête en pleine mer; on cargue les voiles, on descend dans les cabines, on ferme les écoutilles et on se met à boire du genièvre, du rhum, du rack, toute la séquelle des spiritueux maritimes qui vous donnent une soif de tous les diables! Mais verse donc, mille millions de fermiers! on dirait que j'ai avalé une cargaison de harengs salés!

— Si vous voulez m'en croire, majordome, buvez à même un coup décisif! Il faut savoir prendre un parti, et surtout pas de demi-mesure!

— Tu parles comme un livre! Débouche, Aubry! la chasse va commencer; relançons l'ivresse! Entends-tu les chiens aboyer? Passe-moi cette cruche, que j'embouche le cor de chasse!

— Inutile de déboucher, les bouchons me sautent dans la figure! C'est égal, ne vous gênez pas pour finir votre histoire. Vous disiez donc que du haut du siége vous entendiez les gémissements?

— De quels diables de gémissements me parles-tu? Ecoute Sultan! en voilà un de gémissement, hein?

— Il n'est pas question de Sultan, mais de la belle Marguerite.....

— Tiens! où donc as-tu entendu raconter cette histoire?..... Le comte t'en a parlé? Du moment que Chapstal t'en a parlé, on peut te dire le reste. Nous avons conduit la rebelle dans ce château; dans une chambre un peu sombre et un peu retirée, mais dont les murs étaient matelassés sous une superbe tapisserie d'or et d'argent! Je l'y ai portée dans mes bras; elle était évanouie, et si belle, que tout en marchant je sentais une chaleur qui m'a donné et qui me donne encore une soif inextinguible! A toi, Aubry! Si bien qu'il fallait la faire revenir à elle. Par malheur, je n'avais jamais composé de drogue pour faire revenir. Je bois ceci à la fécondité de ton épouse, Aubry! Si fait pourtant, j'ai fait revenir quelqu'un. Qui diable ai-je donc fait revenir?..... J'y suis; j'ai fait revenir, une nuit, un noble Bédouin que l'empereur de Maroc avait oublié de faire étrangler! Je savais bien que j'avais fait revenir quelqu'un. Enfin Marguerite a rouvert les yeux, et sa première affaire, ç'a été de pleurer. Quand j'ai vu qu'elle fondait jusqu'à la dernière goutte, j'ai appelé Chapstal pour arrêter le torrent, et après avoir soigneusement enfermé le couple amoureux, je suis descendu sonner le couvre-feu et lâcher mes petits agneaux.

— Elle est donc morte dans le château?

— Fi donc! sommes-nous en Turquie? Et les lois du royaume? Je te croyais moins stupide que ça, fermier! Mais où diable aboient mes dogues de l'autre côté de la forêt? Je parie qu'ils poursuivent un contrebandier. De rudes gaillards que ces contrebandiers basques ! il n'ira pas loin, le malheureux !

— Mais qu'avez-vous fait de la belle Marguerite?

— Est-il curieux, ce père Aubry !

— Histoire de causer !

— J'ai dit à monsieur le comte : Marguerite baisse, elle n'a plus que quelques jours ; il vaut mieux qu'elle meure dans son arrondissement ; c'est plus humain, plus légal et plus sûr. Et puis n'est-il pas juste qu'on lui laisse embrasser encore une fois sa fille?..... Je l'avais toujours devant les yeux, ce joli petit ange!..... Voilà les chiens revenus. Si le contrebandier est mort, nous retrouverons demain les souliers et le ballot..... Je suis donc allé trouver la comtesse, car tu sauras que, bon gré mal gré, elle avait été la comtesse de M. le comte ! Vous serait-il agréable, lui dis-je, de revoir votre petite fille ? Elle ne répond pas ; elle se jette à mes pieds, les embrasse en poussant un cri, comme l'enfant au maillot qui se sent une épingle dans les reins ! J'ai même vu le moment où j'allais pleurer pour la première fois de ma vie ; et, pour n'en pas venir à cette fâcheuse extrémité, je la fis monter sur une mule et après cela en chaise; et fouette, postillon, un écu par poste! Trois jours après, je la descendais sur le coup de minuit à son domicile, même rue, même numéro, mais franche de port, Aubry, franche de port!

— Majordome, voilà une action qui vous fera un défenseur dans le ciel.

— Mille pirates! il y a des farceurs dans le ciel dont je ne serais pas fâché d'avoir la protection. Chapstal lui-même ne devient-il pas religieux comme un corsaire à l'hôpital? Il part demain pour assister aux couches de la comtesse, parce qu'il espère que l'enfant le réconciliera avec la cour. Depuis quinze jours, il ne parle que de Dieu, de postérité, de jugement dernier; et comme il n'a pu se confesser à notre chapelain qui, après avoir vécu en corsaire, vient de mourir en patriarche, je suis sûr qu'à la première église qu'il rencontrera en route il entrera pour laver sa conscience, qui n'a pas été blanchie depuis long-temps!

— Pensez-vous, monsieur William, que votre maître n'aille à Paris que pour les couches de la comtesse?

— Rien que pour les couches; d'autant plus que le roi Louis étant en correspondance avec la famille de son épouse, les Autrichiens vont entrer dans Paris! Mais voilà le soleil qui se montre à la fenêtre; il est temps que je siffle mes dogues, qui n'ont pas mangé depuis quarante-huit heures.

Le majordome sortit, et aussitôt on entendit un grand coup de sifflet retentir dans la vallée, les chiens rentrer en bondissant, et la voix enrouée du majordome faire l'appel dans les cours en distribuant les quartiers de viande.— Sultan! Turc! Malvina! Ici, Malvina! Est-ce qu'elle ne mange plus depuis qu'elle a ses petits?..... J'en étais sûr : la gueule pleine de sang! elle aura dévoré le contrebandier! Mille bombardes! si vous recommencez, Malvina, je pétitionne pour vous faire entrer dans la douane!

Le majordome rentra bientôt. Le froid du matin avait sans doute rafraîchi ses sens dès long-temps habitués aux orgies maritimes, car il marcha d'un pas ferme pour reconduire le père Aubry; et au moment où le rusé fermier se disposait à faire adroitement comprendre au majordome que le moulin des confidences avait rempli son sac d'une précieuse farine, que sa mémoire n'était pas plus usée que son amour pour les écus de six livres, qu'enfin la redevance de Saint-Nicolas-aux-Forges était trop lourde de moitié, le majordome lui dit tranquillement ces simples paroles : Bon voyage, monsieur Aubry! N'oublions pas les six mille livres! et si nous n'aimons pas la visite des chiens étrangers qui courent en avant annoncer l'arrivée de leur maître, prenons garde de trop remuer la langue de l'enfant de notre mère! Bon voyage, monsieur Aubry!

Au même instant la grande poterne tourna en gémissant sur ses gonds rouillés, et le pont-levis dressa lentement sa tête silencieuse.

Il était temps de fermer les portes du château, il faisait déjà grand jour!

III

UNE OMBRE

dans

LA CHAPELLE DE LA VIERGE.

..... Voyageur, où vas-tu si loin?
N'est-ce donc pas ici le terme du voyage?

V. Hugo.

Le 11 août 1792, le lendemain de l'assaut des Tuileries, toutes les routes qui conduisent aux Vosges, aux Pyrénées, à la Méditerranée, à l'Océan, étaient couvertes de chaises de poste hermétiquement fermées et fuyant avec la rapidité de l'éclair. Ce fut une journée heureuse pour les postillons, sinon pour la France. Les imprudents conseillers de Louis XVI, après avoir mis le feu à la mine sourdement préparée, se sauvèrent tous avant l'explosion.

Les uns accoururent dans la Péninsule pour essayer de pousser contre la France l'antique lance de Palafox; mais, malgré leurs efforts, la pointe orgueilleuse n'en dépassa jamais les Pyrénées.

Les autres allèrent demander à la Grande-Bretagne la corruption héréditaire de sa diplomatie, l'héroïsme de son or, et le débarquement de quelques milliers de victimes sur les grèves de Quiberon. Presque tous enfin furent les têtes de colonne qui guidèrent l'étranger au cœur de leur mère-patrie.

Malheureux, que faisiez-vous? Rien ne vous disait donc qu'il n'est point de cause qui permette de porter les armes contre la patrie, et que le fanatique foulant, l'épée à la main, le sol qui l'a vu naître, rencontre jusque sur les lèvres des soldats les plus grossiers ce sourire qui glaça le cœur du connétable de Bourbon, ce grand capitaine méprisé par l'empereur même auquel il avait vendu son honneur pour une femme qui ne voulut pas de lui.

Insensés! vous le savez maintenant : ni le sac de Rome ni l'invasion de Paris ne font assez de bruit pour étouffer les remords du traître!

Tandis que ces seigneurs, parmi lesquels l'histoire comptera plus de transfuges que de proscrits, et plus de déclamateurs que de soldats, couraient de tous les points et tous à la fois vers toutes les frontières, une autre chaise de poste, aux glaces ouvertes, roulait en plein jour dans la direction de Paris. Elle renfermait un seigneur qui ignorait encore si bien la révolution du 10 août, qu'il comptait traverser bientôt l'avant-garde des armées alliées arrivant à marches forcées pour *tirer de la France une vengeance exemplaire et à jamais mémorable, en livrant la ville de Paris à une exécution militaire et à une subversion totale.*

Qui oserait reprocher au comte de Chapstal d'avoir une confiance trop bénévole dans les propres paroles de Charles Guillaume Ferdinand, duc de Brunswick-Lunébourg, écrites, signées et proclamées, au quartier-général de Coblentz, le 25 juillet 1792, au nom de l'empereur d'Autriche... Diable, n'allons pas oublier Sa Majesté le roi de Prusse!

Cependant nous serons vrais avant tout, dans ce livre dont le titre même sera une consolation pour les rares esprits qui ont conservé sous cloche leurs illusions monarchiques, et qui pourront au moins dire : Ce n'est qu'un roman! oui, rien qu'un roman, braves chevaliers, mais moins romanesque que beaucoup de vos histoires de France!

Il faut donc avouer que notre illustre voyageur n'était pas toujours livré à ces idées politiques, qui tirent l'humanité dans tous les sens, soit qu'elles s'attellent à la masse des théories progressives pour les remorquer en arrière, soit que, généreuses et téméraires, elles s'envolent en avant des siècles; comme les nuages en avant des tempêtes, éclairs rapides que les peuples épuisés suivent sans pouvoir les atteindre.

Ne vous arrêtez pas, mais modérez votre essor, jeunes avant-coureurs de la liberté! Depuis quand, lorsque deux amis entreprennent un long voyage, celui qui est plein de force et de jeunesse laisse-t-il en arrière l'autre voyageur blessé par les pierres du chemin?

Des idées plus calmes et surtout moins dangereuses pour celui qui les porte, étaient les compagnes de voyage du comte de Chapstal, qui, comme beaucoup d'autres, avait été perverti par la société, cette nourrice mercenaire qui saisit le nouveau-né encore tout nu et l'emporte en lui criant dans l'oreille : C'est moi qui suis ta mère !

Pauvre enfant, peut-être comprendras-tu plus tard le sens mystérieux de ces paroles de Jacob : Une bête cruelle a dévoré mon fils !

Le comte de Chapstal était le fils aîné d'une de ces familles qui aimeraient mieux renier les saintes Écritures et le déluge que de n'être pas d'une race plus ancienne que celle de Noé.

Il avait reçu de cette nourrice inféconde une de ces éducations à la vaste et orgueilleuse superficie, qui rend un homme aussi instruit des choses de ce monde que la table des matières d'un énorme in-folio ; véritables répertoires de science universelle, ces nobles hommes sont à la société ce que sont à leur village ces bedeaux de paroisse si fiers de chanter les sublimes paroles de Jésus, dans un latin qu'ils ne comprennent pas; et encore ce médecin de je ne sais quelle médecine, dont tous ses malades meurent et qui revient de la ville roide, boutonné, et fier d'avoir su lire couramment les étiquettes imprimées en grosses lettres sur les bocaux d'une pharmacie.

Le comte de Chapstal savait donc tout ce

qu'il faut, pour paraître savoir tout ce qu'il ne savait pas. Il avait fallu beaucoup d'art, de lâches complaisances et de serviles adulations pour arriver à en faire un jeune roué de la régence abandonnant le travail pour la paresse, la patrie pour les femmes, et les femmes pour les chevaux; et pourtant une main intelligente eût peut-être senti les battements de son cœur sous la triple enveloppe de l'orgueil, du vice et de l'ambition.

Son jeune et unique frère, André de Chapstal, avait été négligé par tous les membres de la famille comme un noble cadet qui sera toujours bon à porter une épée de fortune et daigner être colonel, ou à se faire l'apôtre de l'humble et pacifique Jésus, sauf à devenir ensuite pape à Avignon ou à Rome.

Ce jeune homme, profond et véritablement noble, s'était indigné, dès ses plus tendres années, de cette injustice du droit d'aînesse dont l'origine aussi immorale que frauduleuse remonte à l'histoire de Jacob et d'Esaü; où l'on voit l'astucieuse froideur d'un frère et la faiblesse rusée d'une mère lutter ensemble et avec succès, dans ces temps qu'on croirait si naïfs, contre la rude loyauté d'un chasseur et la touchante tendresse d'un père doublement aveugle.

André de Chapstal s'enferma de bonne heure avec une âme refoulée, une tête pleine de grandes idées, et des livres choisis, amis fidèles, muets et éloquents tout ensemble, sur lesquels il répandait de douces larmes, en disant ces paroles que Napoléon, cet empereur sans empire et ce père sans enfant, dira plus tard dans les affreuses solitudes de Sainte-Hélène :

« Rien ne peut contre le bonheur et la suavité de l'étude. » Mais André de Chapstal dira peut-être aussi cette autre parole de Napoléon, dont les douleurs ont été plus profondes et plus sublimes encore que sa gloire n'a été éclatante, et que la suavité de l'étude ne consolait que comme le rêve passager du bonheur :

« La captivité n'a pour moi d'autre synonyme que la mort! »

Un jour donc que le pauvre André vit briller le soleil à travers sa lucarne, il eut le triste courage de fuir la maison paternelle et ces amis fidèles qui ne parlaient du bonheur que comme d'une espérance qui rayonne au berceau et qui s'éteint dans la tombe où est enfermé le grand problème du bonheur universel.

Quelques heures après il avait disparu.

On chercha André, on pleura André, on oublia André.

Dès la mort de son père, le jeune comte de Chapstal, que nous cherchons à bien connaître pendant qu'il court en poste sur la route de Paris, se jeta dans les faux et bruyants plaisirs du monde; s'il ne fut pas le plus politique, il fut du moins le convive le plus exalté et le plus ambitieux des orgies de Versailles. Ce délire d'une jeune ambition, pris pour le délire de l'enthousiasme monarchique, allait nécessairement l'élever au faîte des grandeurs, lorsqu'une nuit, après un regard de la reine, qu'il crut adressé à la noblesse de sa tournure et aux flammes de ses yeux, il eut l'audace de prendre la main royale et de la porter à ses lèvres en disant assez haut : Vous comprenez donc enfin que je meurs pour vous?

L'insensé! il ne savait pas que la cour est un sérail où les rôles sont renversés : les courtisans sont les odalisques qui soupirent et attendent en silence, et une reine n'est souvent qu'un sultan qui daigne aimer, choisir et oublier!

Chassé de Versailles sans bruit, Chapstal courut en Espagne, ce jardin embaumé, cette terre classique des fleurs et des coups de poignards.

Mais bientôt, et au moment où le parfum des fleurs commençait à lui monter à la tête, où les amours faciles l'endormaient sous leurs guirlandes fanées, un bon coup de poignard catalan et quelques piqûres de stylet de même race le rejetèrent brusquement en France, où il alla promener sa convalescence à Saint-Jean-de-Luz.

C'est là qu'il vit la belle Marguerite de Saint-Jean, et qu'en moins d'une heure il négocia avec le vieux pêcheur le marché dans lequel celui-ci livrait sa fille pour quote-part, de telle façon qu'il n'y eût pas ajouté, même pour un roi, l'appoint d'un baril de harengs! Chapstal comptait faire à la cour sa rentrée triomphale à la suite de cette reine de la beauté; mais il dut encore apprendre que si à l'heure de la mort on peut espérer de serrer la main d'un ennemi, il faut renoncer sur cette terre à reconquérir les bonnes grâces d'une femme, et surtout d'une reine outragée dans son honneur officiel.

Eh bien! le croira-t-on? à peine eut-il enfermé dans son repaire féodal la nouvelle Marguerite enlevée sans marché préalable, ainsi qu'on a pu l'apprendre dans la gracieuse causerie du majordome et du fermier; à peine eut-il consommé son attentat, que, rentré dans le silence, il s'effraya de sa propre ombre; car de même qu'il n'était qu'un savant du monde, il n'était qu'un bandit de théâtre, et, richement organisé pour toutes les variétés de débauches, il faillit mourir dans l'essai d'un crime.

Et puis, blasé des amours faciles et partagés, ne se mit-il pas tout-à-coup à l'aimer, cette pauvre Marguerite dont il n'avait conquis que les larmes? La voyant prête à s'éteindre, il comprit qu'elle ressemblait à cette fleur des champs qu'un passant vient de cueillir et qui se flétrit dans ses mains pendant qu'il contemple encore sa fraîcheur. Il la renvoya donc à son enfant sans oser lui apprendre la mort du père, et avec le tardif espoir de rattacher sur sa tige cette Marguerite qu'il avait si violemment arrachée.

Mais tout-à-coup il apprend que la comtesse va être mère; son ambition se réveille; ses idées de grandeur rentrent en foule dans sa tête, et la pauvre Marguerite est oubliée. Il part pour la capitale, et, mollement étendu sur les coussins de sa voiture, il rêve au fils qui lui va naître; car le dernier rejeton d'un Chapstal ne peut être qu'un fils. Le père aveugle se met à voguer à pleines voiles dans cette mer immense où les illusions reculent sans cesse dans un horizon sans bornes.

Déjà l'ambitieux se disait :

— Quelles destinées brillantes flottent autour du berceau vide encore qui va recevoir mon fils ! Né dans le palais même de nos rois et dans la faveur d'une reine puissante, il grandira à l'ombre du trône dont il sera peut-être un jour le plus noble soutien. La reine est jeune et féconde, les enfants de France seront nombreux; mon fils, s'il ressemble à sa mère, et s'il a l'énergique volonté de son père, sera le plus beau et le plus noble cavalier de la cour; ô ciel ! qui sait à quelle alliance il peut prétendre un jour? Mais l'Écriture a dit que Dieu punira le père dans ses enfants jusqu'à la quatrième génération. Grand Dieu! mes mains sont-elles pures pour recevoir l'enfant qui va naître à de si glorieuses destinées?...

Au moment où le comte murmurait ces dernières paroles, la marche de sa voiture se ralentit. Il mit la tête à la portière, et s'aperçut que les chevaux glissaient sur le parvis luisant de la cathédrale de P***. A la vue de cet édifice sombre et imposant, ses remords devinrent plus vifs, et une puissance secrète le poussa si impérieusement qu'il s'élança de la voiture, et se hasarda à marcher dans l'ombre de l'église pour découvrir une entrée.

Il était neuf heures du soir. Les ténèbres se glissaient déjà sous les arceaux gigantesques qui soutiennent la nef extérieure. Les portes du parvis étaient fermées, les rues étaient désertes, et le comte se préparait déjà à remonter en voiture, lorsqu'il découvrit au pied de la tour une petite porte devant laquelle était arrêtée une chaise de poste dont les chevaux paraissaient devoir prendre une route opposée à la sienne. Il aperçut en même temps sur le seuil d'une pauvre maison cachée dans l'ombre de la cathédrale, et connue dans la ville comme la demeure du vieux prêtre Joseph, une femme qui semblait regarder avec inquiétude à travers la porte de la tour. Le comte lui cria : Dites-moi, bonne femme, si cette entrée conduit à l'église. Mais la femme eut peur sans doute, car elle disparut brusquement sans répondre.

Chapstal ouvrit alors la porte qui poussa un gémissement si aigu qu'il alla réveiller tous les échos de la cathédrale. Le voyageur tressaillit et resta un moment indécis; enfin il entra.

L'église était vide et silencieuse; les derniers rayons du soleil couchant passant à travers les vitraux projetaient des lueurs confuses qui allaient mourir dans la profondeur des chapelles. Une lampe d'argent suspendue à une triple chaîne qui se perdait dans les hauteurs de la voûte laissait échapper une flamme tremblotante qui imprimait un cercle mouvant de blanche lumière sur les dalles noires du chœur.

La chaire de vérité soutenue par quatre anges aux ailes déployées, toujours prêts à s'envoler pour emporter dans le ciel le prédicateur des paroles de Dieu; les têtes chauves des saints et des martyrs immobiles dans leurs reliquaires vitrés; Jésus mourant sur la croix, qui semblait regarder douloureusement le nouveau venu troublant le silence de son agonie; les sombres étendards des trépassés, sur lesquels se détachaient les blancs attributs de la mort; le murmure plaintif de l'orgue ému par le vent du soir; les inscriptions séculaires profondément entaillées sur les dalles blanches des tombes; le bruit des pas, que se renvoyaient les échos de la nef immense, et que répètaient ensuite les échos plus sourds des cryptes souterraines; la nef elle-même, sonnant le vide et absorbant le bruit pour rentrer dans le silence; ces quelques clartés et toutes ces ténèbres, douces aux cœurs purs, mais terribles aux consciences troublées; enfin l'église tout entière inspirait une terreur profonde au visiteur furtif qui venait d'entrer, seul contre son crime et ses remords, dans la maison de Dieu sur la terre.

Et il se disait pour se rassurer qu'il fallait bien qu'il y eût un être vivant dans la cathédrale, puisqu'il avait trouvé la porte de la tour entr'ouverte.

Cette vague espérance lui donna assez de courage pour le faire avancer brusquement jusque sous les voûtes les plus reculées et les plus sombres; mais il ne voyait personne; il ne rencontrait partout que sa propre ombre, qui devançait ses pas, glissait sur les dalles, et montait sur les piliers. Sa terreur augmentait de minute en minute; il n'osait respirer, de peur d'entendre le bruit de son haleine, et de la prendre pour le soupir des morts couchés sous les dalles, et sur lesquels il se sentait peser de tout son poids.

Il n'osait se mettre à genoux, car, s'il eût

une fois fermé les yeux pour la prière, il comprenait d'avance qu'il n'oserait plus les rouvrir, de peur de voir dressée devant lui quelque apparition fantastique. Si cette crise eût duré plus long-temps, le superstitieux et criminel Chapstal fût tombé la face contre terre, pour y rester jusqu'au point du jour dans des angoisses mortelles; mais les premiers rayons de la lune se dégageant tout-à-coup d'un épais nuage, percèrent la grande rosace du fond, et versèrent soudainement leur blanche lumière dans la chapelle de la Vierge, dont il ne voyait que l'entrée, parce qu'elle tournait en demi-cintre derrière le maître-autel du chœur. En même temps, une ombre singulière et bizarrement allongée se dessina sur les dalles, sans qu'on pût reconnaître de qui ou de quoi elle provenait.

A cette subite apparition, Chapstal se sentit trembler sous son manteau de voyage, et il put entendre les battements de son cœur. Il resta bien long-temps sans oser regarder de nouveau la grande ombre, qui avait bien une sorte de forme humaine, mais dont la complète immobilité ne semblait pouvoir appartenir à un être vivant.

Épouvanté de l'immobilité même de cette ombre, dont les mouvements irréguliers n'étaient évidemment qu'un jeu de lumière agitée par le vent, le comte prit la résolution de marcher devant lui; et saisissant à chaque pas un barreau de la grille du chœur pour se forcer à avancer, il se sentit aller comme si l'église le portait et avançait avec lui. A mesure qu'il tournait la galerie, et que sa vue plongeait plus profondément dans la chapelle, l'ombre grandissait, prenait des formes plus distinctes, et dessinait confusément sur les marches de l'autel des mains, un corps et une tête.

Il reconnut enfin la cause de cette apparition. C'était un homme agenouillé, dont les formes vigoureuses semblaient appartenir au jeune âge, tandis que la tête, dont il ne voyait par derrière que les longs cheveux blancs, était évidemment celle d'un vieillard.

Le vieillard (qu'il nous soit permis de l'appeler ainsi, car ce n'est pas toujours avec les années qu'on vieillit sur cette terre) priait, les deux mains jointes et les yeux levés sur une Sainte-Vierge, non de celles qui se tiennent immobiles et roides dans leur longue robe d'argent, mais sur une mère jeune et sublime, dont la pâle figure décelait les récentes souffrances de la maternité.

Mais quel ne fut pas le trouble du comte de Chapstal, lorsque, levant les yeux sur ce chef-d'œuvre d'un peintre de Saint-Jean-de-Luz, il reconnut dans la tête de la Vierge, l'image de la belle Marguerite de Saint-Jean, et dans l'enfant Jésus, la figure de son fils telle que ses rêves la lui avaient représentée, et telle qu'il espérait la contempler bientôt dans le splendide berceau des Tuileries!

Cette nouvelle apparition réveillant ses ambitieuses espérances lui rendit assez de courage pour qu'il osât faire un pas et regarder de nouveau le vieillard agenouillé; il comprit que sa méditation devait être profonde et bien douloureuse, puisque deux grosses larmes vinrent briller sur sa figure et tomber sur ses mains sans qu'il fît le moindre mouvement pour les retenir.

Pénétré d'un sentiment religieux d'une puissance irrésistible, à la vue de cette douleur muette, le comte s'agenouilla derrière le vieillard, et bientôt deux larmes tombèrent sur ses mains immobiles à leur tour.

Il y avait vingt ans que le noble comte n'avait pleuré.

Ils restèrent long-temps agenouillés ainsi, regardant tous deux les images divines éclairées par une vague lumière, et empreintes d'un indéfinissable sentiment de tristesse.

Tout-à-coup le vieillard poussa un soupir, se leva brusquement, et heurtant le voyageur dans l'ombre, il dit d'une voix encore pleine de larmes, mais déjà solennelle :

— Que cherchez-vous à cette heure dans la maison de Dieu ?

— Un prêtre.

— Un prêtre de cette église?

— Un prêtre de Dieu. Dieu n'a-t-il pas dit : Je vengerai l'iniquité des pères sur les enfants? Je vais être père, monsieur; au nom du ciel, indiquez-moi un prêtre qui pardonne!

— Suivez-moi, mon frère! Dieu pardonne plus vite que l'homme : suivez-moi, mon frère!

L'émotion extraordinaire avec laquelle le vieillard avait dit deux fois : Mon frère! remplit le comte de stupeur; mais déjà l'inconnu marchait précipitamment dans les sombres galeries, et le pénitent l'eût suivi dans une tombe plutôt que de rester seul à cette heure.

L'ombre qui allait en avant avec une extrême

rapidité s'enfonça tout-à-coup dans un noir confessionnal, et une voix dit de l'intérieur: A genoux! c'est ici le tribunal de Dieu! — Mais comme le comte de Chapstal demeurait tremblant dans la galerie, le vieillard se pencha hors du confessionnal, et, sans dire une parole, il montra d'une main le banc de la pénitence, et levant l'autre dans les ténèbres, il la baissa sur la tête de l'étranger jusqu'à ce qu'il se fût agenouillé sous la terreur de cette puissance religieuse.

Bientôt on eût pu entendre des sanglots étouffés, et le murmure d'une voix grave qui, par intervalles, éteignait les sanglots; puis le pénitent jeta un cri de terreur, mais le murmure recommença, et comme il avait éteint les sanglots il éteignit les cris.

Quelques minutes après, le vieillard sortit le premier et alla se placer au bout de la nef, d'où il avançait la tête dans l'ombre comme pour guetter l'arrivée de l'étranger et l'arrêter au passage. Enfin le pénitent osa se relever, et cherchant encore de la main la grille du chœur, il en suivait les barreaux, les bras tendus, pour trouver la sortie de l'église plongée dans l'obscurité la plus complète. Mais au moment où il arriva au milieu de la nef, une main s'appuya sur son épaule avec une telle force, qu'il ne pût faire un pas de plus, et en même temps une voix qui n'avait rien d'humain se fit entendre.

— Où vas-tu, comte de Chapstal?

— Ciel! qui sait mon nom?

— Celui qui sait tes crimes!

Il se fit un silence pendant lequel on entendait le comte égaré répéter sourdement : Mes crimes! mes crimes! Aussi la voix reprit-elle moins terrible et plus émue :

— Dieu pardonne plus vite que l'homme, mais il punit plus vite aussi. Comte de Chapstal, ne va pas plus loin, c'est ici le terme de ton voyage!

— Mais Marguerite?...

— Elle est morte.

— L'enfant? l'enfant?

— Mort!

— Juste ciel! qu'est-il arrivé? le roi?

— Il va mourir, et la royauté a expiré avant lui.

— Tais-toi, malheureux! tu vois bien que je deviens fou!

— Alors tu es plus heureux que moi, car j'ai

toute ma raison pour comprendre! Comte de Chapstal, retourne sur tes pas! fuis bien vite, car déjà l'échafaud dresse la tête; cache-toi dans un désert, rentre dans ta conscience et attends les ordres de Dieu! Ne tremble pas; on ne meurt pas de douleur sur cette terre; si le désespoir te surprend dans le silence des nuits, souviens-toi de l'ombre de la chapelle; fais comme elle : prie et pleure!

Et l'ombre disparut.

Chapstal fut saisi d'un accès de rage en voyant que l'apparition lui échappait emportant tout son avenir. Il courait dans l'obscurité, tendait les bras pour saisir l'ombre qui glissait sur les murs et criait :

— Arrête, à ton tour! Arrête, messager de la mort! Tu fuis, mais je saurai t'atteindre! Il faut que tu parles ou que je t'étouffe dans mes bras!

Bientôt il distingua dans le vide une ombre épaisse qui semblait s'être arrêtée. Il y courut, et l'étreignant avec rage, il dit :

— C'est donc toi qui les as tués? Oui, c'est toi! le meutrier seul annonce la mort avant les autres! Je ne te lâcherai pas, te dis-je! il faut parler ou mourir! Eh bien! tu gardes le silence? Es-tu déjà mort? O ciel! il glace ma poitrine!

L'infortuné Chapstal serrait dans ses bras l'un des quatre anges qui soutiennent la chaire de vérité.

Il n'osait pas lâcher la victime, de peur de laisser tomber un cadavre sur le pavé; et lorsqu'il toucha tout-à-coup l'une des ailes déployées, il crut dans sa terreur qu'il était lui-même saisi par l'archange Michel, qui venait l'enlever pour le jeter dans les enfers. Il poussa un faible cri, et tomba sur le pavé.

Long-temps après, le froid de la pierre l'ayant ranimé, il entendit un pas lent et sourd se diriger de son côté; il se releva et ne put fuir; un souffle passa devant lui, et une voix murmura : — J'abandonnerai ce monde; je les cacherai dans les montagnes; et si le père se repent, Dieu me l'enverra!

Chapstal fit à peine un mouvement que la voix devint terrible :

— Arrière! laissez passer l'ombre des deux Marguerite!

Et l'ombre passa. La vieille église retomba alors dans le plus profond silence.

Quelques minutes après, deux voitures s'élancèrent sur la même route; elles se dirigeaient vers la mer. L'une s'arrêta dans le village de Montperdu, mais l'autre courut jusque sur les grèves de l'Océan.

IV

DOMAINE NATIONAL

A VENDRE.

« Benjamin ravira comme un loup; au matin il mangera
» la proye, et au vespre il divisera la dépouille.

Dernières paroles de Jacob à Joseph.

SOEST.

— Nous avons prêté serment au roi.

VARNER.

— Et le roi à nous, remarquez-le.

GOETHE.

Danton a dit : « Une révolution dépasse toujours son but par la force de projection qu'elle s'est donnée. » Nous pouvons dire : Dès qu'une révolution a dépassé son but, elle reste un demi-siècle immobile, jusqu'à ce que le despotisme la dépasse elle-même par la force de projection que les esclaves lui donnent.

Une révolution, c'est la femme de Loth qui,

à la lueur d'un incendie, se change en statue de sel, et à laquelle les rois du lendemain recommandent de ne pas tourner la tête.

La révolution du 10 août marchait donc à grands pas. Les hommes et les événements couraient avec une si grande vitesse, que tel qui s'était couché royaliste se levait républicain, pour offrir d'avance la compensation d'une autre époque, où celui qui avait l'imprudence de s'endormir Français, courait le risque de se réveiller Cosaque.

Le village de Montperdu avait été plusieurs jours dans une position bien critique, car, ne sachant pas ce qu'il devait se réveiller, il avait pris la résolution de ne plus dormir.

Ce bienheureux village, que la grande nation semblait avoir perdu dans les montagnes, se serait sans aucun doute déclaré village libre, à l'imitation des villes anséatiques, si le receveur des contributions, seul anneau qui le liât à la grande chaîne des peuples, ne lui eût périodiquement rappelé qu'il n'était libre que d'une chose, à savoir : de payer à l'avance les termes non échus de ses contributions!

Payer les impôts et n'avoir ni journal ni télégraphe, c'est à ne pas vivre dans une monarchie constitutionnelle! Combien le village de Montperdu devait envier le sort des petites villes ses voisines, qui pouvaient au moins lire tout au long dans le *Moniteur* que leur argent venait de contribuer à l'établissement de patrouilles grises dans la capitale, et aux appointements du nouveau sous-secrétaire du vice-bibliothécaire d'une sous-bibliothèque dont on allait s'occuper de rassembler les volumes!

Mais un soir il y eut irruption dans le village enfoui au milieu des montagnes, de toutes les nouvelles politiques si singulièrement en retard, que ses débonnaires habitants apprirent pêle-mêle et tout à la fois : l'arrivée des Prussiens à Coblentz, le manifeste de Brunswick, la prise de la Bastille, la convocation des États-Généraux, l'assaut des Tuileries, la fuite du roi à Varennes, l'avénement de Louis XVI au trône et son emprisonnement au Temple!

Et qu'on ne rie pas! il y a plus d'un citoyen en France qui ne sait, ou du moins ne peut croire à l'heure qu'il est, qu'une révolution a eu lieu en 1789.

Quoi qu'il en soit, il est évident que la révolution française vient de faire son entrée dans le village de Montperdu.

Mais qui donc a pu pousser tout cela à la fois dans le naïf village? Est-ce à son génie qu'on en veut? Non, c'est encore et toujours à son argent.

Le garde forestier, précédé d'un tambour et suivi de l'élite de la population en bas âge, s'était arrêté sur la place publique, avait fait faire trois roulements; et, appuyant sa main droite sur la poignée de son sabre, il avait pris la pose de Murat sous les murs de Moscou, et d'une voix qui avait l'air de descendre d'une tribune nationale, il avait fait *à savoir* que le dimanche suivant, à trois heures de relevée, dans la salle de la mairie de Montperdu, et en présence de deux commissaires du district, la Vallée aux Chiens et le domaine du ci-devant Saint-Nicolas-aux-Forges, appartenant au ci-devant comte de Chapstal, émigré, serait adjugé par voie d'enchères publiques et à l'extinction du troisième feu.

Si le domaine et la vallée étaient enfouis dans les Pyrénées, que dire du village dont le nom même indiquait assez l'existence sauvage? Certes il ne pouvait se trouver là beaucoup d'acquéreurs. Les forgerons de Saint-Nicolas et les bûcherons de la forêt pouvaient encore moins que le lieutenant Georges Brown, espérer d'acheter le château sur leurs économies. Le majordome William et le fermier Aubry étaient donc les seuls acquéreurs possibles.

Si le majordome était brutal comme un fermier, celui-ci était rusé comme un majordome, ce qui n'empêchait pas chacun d'eux en particulier d'être aussi fourbe qu'un majordome et un fermier mêlés ensemble.

Le domaine était une belle proie étendue là sans défense, et ils étaient deux pour la dévorer. Comment fallait-il s'y prendre? fallait-il faire comme deux loups qui, arrivant furtivement par deux sentiers opposés, attaquent en même temps un jeune taureau, le font rouler dans la poussière, et, s'attaquant ensuite eux-mêmes, se déchirent, tombent et expirent à côté de leur proie fumante? Il y eut une conférence dans laquelle, après de grands combats de générosité et de modestie, le majordome accepta le rôle du loup et abandonna pour un jour celui du renard au débonnaire Aubry. Celui-ci accepta donc la mission d'aller benoîtement à la vente se faire adjuger le domaine au dixième de sa valeur, pour le partager ensuite avec le majordome resté sur la route en corps de réserve, afin d'arrêter et de retenir les amateurs. Voici du reste les principales dispositions de la bataille.

On avait répandu le bruit que la vente du domaine n'aurait pas lieu, parce que le comte de Chapstal était revenu de Londres pour faire sa déclaration civique à la municipalité de Paris. Ailleurs on avait dit, au contraire, mais à voix basse, qu'il fallait bien se garder d'enchérir sur un domaine dont le maître allait revenir en France les armes à la main.

Quand on demandait au majordome lequel de ces deux bruits était fondé, il répondait : Tous les deux! car Chapstal est capable de tout! Et lorsqu'on voulait savoir du fermier s'il se proposait de surenchérir, celui-ci se tournait du côté du château, faisait le signe de la croix, et s'enfuyait en disant : Non! le diable ne tentera pas un Aubry!

De plus, le majordome affectait de porter à la ceinture une énorme paire de pistolets du temps de François Ier, et de se promener dans le village suivi de quelques personnages de sa meute, répétant avec un sourire indéfinissable que, comme ancien intendant du comte de Chapstal, il devait recevoir le nouveau pro priétaire, et qu'il se chargeait de faire convenablement les honneurs du château!....

Cependant les commissaires du district ne connaissant qu'imparfaitement la valeur du domaine, il était urgent de les faire croire à l'existence de nombreux amateurs.

En conséquence, il fut convenu que la salle de vente serait encombrée dès le point du jour par des ouvriers déguisés, parmi lesquels quelques maîtres de charrue accoutrés de costumes étrangers se disperseraient en divers points, prêts à enchérir les uns sur les autres, jusqu'à ce qu'enfin le général en chef Aubry, avec toutes les marques de la terreur, porterait d'un seul coup de désespoir à 60,000 livres un domaine de 500,000 livres, qui lui serait enfin adjugé au milieu de la consternation générale des prétendus amateurs.

Ne voilà-t-il pas un plan bien conçu? Christophe Colomb avait-il plus profondément combiné la découverte de l'Amérique? Parmentier fut-il plus ingénieux, lorsque, sur les tables d'un banquet scientifique, il rangea en bataille l'humble récolte de la plaine des Sablons (1)?

(1) Le pain du pauvre, l'humble pomme de terre.

Enfin le jour de la vente s'était levé dans Montperdu.

Pendant plusieurs heures, le majordome, le fermier, et par suite tous les habitants du village crurent que les émigrés étaient rentrés en France, car les commissaires du district, égarés dans les montagnes, n'arrivèrent qu'à dix heures du soir, harassés de fatigue. Mais les termes du décret étaient formels, et Montperdu n'aurait certes pas osé s'insurger contre la Convention, n'ayant aucun espoir d'être soutenu par l'Angleterre. La vente commença donc le soir même.

Il y avait pendant ce temps-là, à la ferme Aubry, réunion nombreuse d'amis, d'amateurs et d'intéressés, qui attendaient impatiemment l'issue de la vente et l'arrivée du domaine. Une grande table destinée à fêter cette heureuse bienvenue était surchargée de pots énormes remplis des vins les plus capiteux du Midi, et se dressant fièrement au milieu des plats de toutes formes, comme les monuments d'une ville au milieu des mille maisons qui les entourent.

Madame Aubry, dont l'inépuisable fécondité était parvenue à faire du rusé fermier un vénérable patriarche, était assise contre le berceau de son treizième enfant, cette petite Amanda qu'Aubry s'était obstiné à ne pas accorder en mariage au majordome. Le curé et le garde-chasse étaient assis aux deux coins de la cheminée, sur le manteau de laquelle reluisaient six grandes assiettes d'étain, brillant comme autant de planètes de rechange dans un arsenal céleste. Le majordome William allongeait, sans façon, les jambes sur les chenets de cuivre, tandis que Sultan, son chien favori, à l'exemple de son maître, s'allongeait sur le pavé de telle manière, que si le bout de sa queue allait se perdre sous la table, en revanche son museau venait se poser si près du foyer, qu'en ronflant il faisait voler les cendres dans la flamme.

Les murs de la salle étaient nus, à l'exception d'un grand carré au-dessus de la porte d'entrée, occupé par une toile enfumée représentant les fils de Jacob descendant Joseph dans le puits du désert. Le majordome, qui se piquait de se connaître en peinture et d'avoir souvent manié le pinceau à bord des navires de Tripoli, considérait attentivement la figure noircie de Joseph et les ombres gigantesques de Siméon et de Ruben, paraissant et disparaissant avec les élancements de la flamme du foyer.

Déjà il était en train d'expliquer à la mère Aubry que la scène se passait en Angleterre, et qu'il était facile de reconnaître un puits houiller dans lequel deux grands mineurs tout noirs descendaient, au moyen d'une corde, un petit mineur plus noir que tous les autres... Mais le curé l'interrompit avec indignation, disant qu'il ne s'agissait point là de sujets profanes, et que le tableau, un peu avarié du reste, représentait visiblement les descendants de Noé, occupés à jeter les fondements impies de la Tour de Babel! Le majordome avait rudement riposté, et la querelle s'échauffait à tel point, que Sultan montrait les dents et paraissait assez disposé à jeter un argument décisif au milieu de la discussion; mais le garde-chasse secouant les cendres de sa longue pipe turque, dans un nuage de fumée tout-à-fait de circonstance dans cette tempête, apaisa les éléments conjurés en ramenant adroitement la conversation sur la fameuse vente de la Vallée aux Chiens.

— Qui aurait jamais dit ça, hein, mère Aubry, que le fameux vignoble de Montperdu que votre mari n'avait jamais pu obtenir à bail, allait demain faire couler dans vos caves un fleuve intarissable du meilleur vin des Pyrénées? Il est vrai, comme on dit, qu'une cruche d'eau n'épuise pas la rivière, et d'ailleurs je n'ai qu'un petit tonneau de disponible en ce moment; je ne dis pas cela pour vous taxer, mère Aubry, pas plus que M. William, votre heureux associé, à qui la moitié dudit vignoble revient de droit..... Seulement n'est-il pas dommage que les maraudeurs en détruisent les trois quarts? Mais si monsieur le majordome veut me remplir quelques unes de ses futailles vides, je me charge, foi de garde-chasse! de jeter dans les vignes plus de grains de plomb qu'il n'y a de grains de raisin!

— Merci un million de fois, forestier! J'aime mieux faire, de temps à autre, une ronde nocturne avec mes petits agneaux, et, je ne dis pas ça pour vous taxer..... de concupiscence, estimable garde-chasse, mais quand j'aurai des futailles vides, je me propose d'y loger Sultan et Malvina, qui se chargeront volontiers de les remplir. Que dites-vous du procédé, messire de la gabelle?

— Admirable! répondit le receveur tellement absorbé dans ses méditations financières qu'il n'avait pas entendu un mot de la conversation; cependant, ajouta-t-il, si cette maudite révolution supprime les listes civiles et diminue les impôts, je vous le demande, que deviendront les finances en général, et en particulier mes pauvres droits proportionnels? C'est inouï!... oh! c'est inouï!

— Et moi, si j'étais de la révolution, dit la mère Aubry en remuant vigoureusement le berceau d'Amanda, je supprimerais tous les impôts les uns après les autres. On a tant de mal à sustenter sa petite famille! C'est aux seigneurs à payer maintenant. Chacun à son tour au puits banal! et la mère à Aubry disait souvent : Quand le chapon est gras, on le mange! En attendant dors toujours, ma petite Amanda; c'est toi qui en verras des révolutions dans la suite des suites!

— Supprimer les impôts? jamais! Vous ne savez donc pas, femme imprudente, que le jour, ou plutôt la nuit où il n'y aurait plus d'impôts, l'édifice social s'écroulerait sur votre tête? Non, rien, quand je dis rien, ne peut marcher sans l'impôt! Mais, madame Aubry, avec quoi graisserez-vous donc la machine représentative? Voilà des paroles bien pernicieuses! Voudriez-vous donc faire revenir l'impôt en nature? Abolir l'impôt! calomnier l'impôt!... Eh bien! moi, Jacques Vincent de Lataille, qui est mon nom de famille, et qui dois me connaître en finances, puisqu'il y a trente ans que je reçois les vôtres, je ne crains pas de dire à la face de toute l'assemblée que celui qui a inventé l'impôt en numéraire doit être béni comme le plus grand bienfaiteur de l'humanité!

— Et moi! reprit la mère Aubry en se levant, je ne crains pas de dire à la face de la même assemblée, que si je tenais votre bienfaiteur de l'humanité, je lui tordrais le cou comme à une volaille!

— Silence, ma mère! dit le curé. Les malheureux suppriment le roi aujourd'hui, demain ils supprimeront Dieu!

— Et pourquoi le bon Dieu ne supprime-t-il pas tout ça lui-même? Qu'il mette un jour tous ces gens-là à la porte et qu'il gouverne en personne! Un roi comme ça sera assez riche pour se passer d'impôt et de liste civile, puisqu'il a créé toutes les mines du Pérou, et alors on pourra donner des douceurs à sa petite famille. Moi, j'aime pas les despotes! Voyez plutôt Aubry qui est pourtant le père de mes treize; il répète toujours qu'il ne veut pas abuser de ses droits, que c'est moi qui dois parler la première, et qu'après ça on ne doit plus rien dire. Voilà ce que j'appelle une bonne république! n'est-ce pas, monsieur le bailli, qu'on va gouverner comme ça en France? dites-nous clairement votre façon de penser là-dessus.

— J'avouerai, ma bonne petite mère, répondit le vieux juge, qu'il serait assez difficile de prononcer un jugement définitif sur la tendance que paraissent prendre les affaires actuelles, attendu que la législation devant naturellement découler du principe constituant, il faut attendre que ce principe soit assez nettement établi pour que la lettre et surtout l'esprit de la loi (car c'est incommensurable, voyez-vous, l'esprit de la loi) s'accordent à ne plus offrir le moindre doute au juge chargé de l'appliquer aux différentes questions de droit et de fait qui seront soumises à son appréciation. De là je conclus forcément que la mère Aubry n'a pas tort, ce qui n'empêche pas du tout monsieur le curé d'avoir raison; car...

— Car il faut espérer que le gouvernement durera moins long-temps que le jugement de monsieur le bailli, dit le rancunier garde-chasse; et puisqu'il n'y a ici personne qui nous écoute, je puis vous dire (fermez les portes) qu'un palefrenier des écuries du roi, arrivant de Sainte-Menehould en Champagne, a vu les Prussiens arriver à Verdun, et l'armée française fuir devant eux avec une telle rapidité, que le roi de Prusse a donné l'ordre à ses troupes de monter en voiture pour courir plus vite à Paris... Je plains sincèrement ceux qui ont l'impudence d'enchérir sur les domaines nationaux!

— Et moi, ajouta si bas le receveur qu'à peine on pouvait l'entendre, j'ai entendu dire à un contrebandier qui arrive de Plymouth, que la flotte britannique file tout droit sur Paris par la Seine, et qu'avant huit jours les frégates anglaises s'embosseront devant le quai Voltaire, d'où elles bombarderont la Convention nationale!

— Fameux! fameux! fit le garde-chasse en se frottant les mains.

— En voilà du terrible! Je ne suis que la mère Aubry, pas vrai? Eh bien! je voudrais bien être dans la Convention nationale, et nous verrions un peu! Je parie qu'on vous dira tout-à-l'heure que les républicains vont faire sabler les grandes routes pour l'arrivée du roi de Prusse, et atteler les chevaux de fiacre aux frégates anglaises pour les amener devant les Tuileries! Mais patience, et on verra! Quand un roi tombe, les autres le relèvent. Chez les républicains c'est différent! il faut vaincre ou mourir! ils se défendront comme des chats enfermés dans le colombier; allez, tout ça durera bel et bon, et, en attendant, Aubry va acheter le petit Saint-Nicolas et le château à démolir; car retenez ça de la mère Aubry : dans ce bas-monde il faut que tout le monde vive!

— Et si les émigrés reviennent? objecta l'obstiné garde-chasse.

— Oui? fit le vieux juge.

— S'ils reviennent, repartit la fermière, on leur dira : Tiens! vous voilà revenus? Vous avez dû voir des pays superbes? Vous devez être bien fatigués? Voulez-vous accepter notre soupe? Et en même temps on tiendra la soupière de manière à ne pas lâcher les anses!

— Mais au dessert, dit le curé, si l'émigré s'avise de dire : Qu'avez-vous fait de Saint-Nicolas? que pourriez-vous bien répondre, majordome?

— La réponse serait d'une simplicité champêtre, monsieur et digne curé :.... Saint-Nicolas ?... De quoi diable parles-tu donc là, voyageur ? Mais en effet, il me semble que j'ai déjà entendu prononcer ce nom-là. Oui, je me rappelle à présent : ne serait-ce pas un certain petit domaine que j'ai acheté dans les temps pour rendre service au gouvernement d'alors, qui était dans la gêne, et que j'ai divisé et revendu à perte : 1° au voisin Gabriel, qui a laissé sept enfants mineurs et une femme du troisième lit ; 2° à un vieux magistrat d'une cour prévôtale, qui l'a abandonné à ses créanciers, et que le syndic de la faillite a revendu à une actrice, qui l'a partagé dans son testament entre un juge, plusieurs abbés et deux gendarmes. Je ne pourrais donc pas te dire, citoyen voyageur, à qui il faudrait précisément t'adresser maintenant ; mais je puis faire atteler Cocotte à la carriole et te faire conduire à Saint-Jean-de-Luz, où tu pourras peut-être décider l'un des employés du bureau de la marine à te donner l'adresse de l'armateur de Calais qui a acheté le domaine en dernier lieu pour le compte d'un planteur de la Martinique, lequel, étant mort sans héritier, l'a divisé en trois parts égales, qu'il a léguées à la ville de Paris, à la banque de Londres et à la Compagnie des Indes!!!

— Mille carabines! s'écria le forestier stupéfait, j'aimerais mieux suivre le pas d'un lièvre sur les feuilles d'automne, ou la trace d'un vautour dans l'air, que de suivre la piste d'un domaine semblable, et si jamais je parvenais à l'atteindre, je préfèrerais en faire donation au grand Turc que de le réclamer à la banque d'Angleterre ou entrer en procès avec la Compagnie des Indes!

— Voilà pourquoi, ajouta le majordome, je regrette à présent de ne pas avoir dit au fermier de n'enchérir que jusqu'à trente mille livres. A bas, Sultan! Qui oserait mettre un écu d'enchère sur la Vallée aux Chiens? Damné Aubry, tu es, à l'heure qu'il est, en train de me faire perdre quinze mille bonnes livres!

— Allons, allons, pas de regrets, majordome! dit la mère Aubry en lui présentant une grande pinte de vin; ne faut-il pas mettre le prix à la bonne marchandise? Tantan-Bahu, qui est de Travesy, et qui a fait un si grand commerce de crins de cheval et de pieds de bœufs, qu'il a fini par marier sa fille au seigneur de son village, disait toujours qu'il ne fallait pas regarder à cinq sous pour acheter un bon cheval! Mais taisez donc votre chien, monsieur William, il réveille ma petite Amanda!

— Ici, Sultan!... Il entend passer quelqu'un derrière la ferme..... Ce ne peut être que le père Aubry qui accourt nous dire qu'il a acheté le domaine, qui sait? pour quelques misérables mille livres?..... Te tairas-tu, Sultan? Prends-tu le père Aubry pour un voleur?...... Mais le voici! j'entends crier la petite porte. Levons-nous tous, et recevons l'acquéreur aux cris de: Vive Saint-Nicolas!

Les assistants se levèrent précipitamment et formèrent un vaste demi-cercle dans lequel la porte de la salle devait nécessairement s'ouvrir. Le père Aubry entra brusquement au milieu des cris de l'assemblée; mais la flamme du foyer s'élançant tout-à-coup éclaira la pâle figure du fermier, sur laquelle brillaient des gouttes de sueur. Un silence de stupeur succéda subitement aux cris d'allégresse, et ce fut le majordome qui, malgré une émotion concentrée, osa parler le premier. Pour cacher son trouble, il se mit à rire, mais d'une façon si peu naturelle, qu'il laissa voir dans une bouche démesurément ouverte trois dents longues et crochues, comme celles d'un vieux loup.

— Par la queue de tous les cardinaux et de tous les diables! est-ce que ces damnés commissaires du district n'auraient pas continué la vente du domaine?

— Adjugé! répondit le fermier avec sa petite voix chantante, dont la note monotone était toujours la même, dans la joie comme dans la terreur.

— Je respire! Vous m'aviez fait une peur! Me voilà donc seigneur, et je vais enfin avoir un majordome!

— Oui, adjugé, continua Aubry en passant sur son front une main tremblante, et à plus de six cent mille livres encore!

— Diable! dit le majordome, qu'avez-vous fait là, Aubry? Mais tant pis pour vous, puisque vous payez la moitié.

— Sainte mère des anges! payer la moitié? Hélas! non, je ne paierai pas la moitié!

— Voudrais-tu profiter de mon absence pour garder le domaine? Misérable Aubry, oserais-tu me dire encore que tu ne paieras pas la moitié?

— Retenez donc votre grand diable de

chien! Voulez-vous qu'il m'étrangle dans ma propre maison!

— Mais la moitié? la moitié?

— Laissez-moi donc respirer à la fin! mille cerceaux! vous me feriez sortir de mon caractère! Comment voulez-vous que je paie la moitié d'un domaine adjugé à un autre? Oui, femme, nous avons lâché Saint-Nicolas; nous sommes ruinés!

Le majordome ne put ajouter une parole. La mère Aubry devinant les souffrances intérieures du père légitime de ses enfants, courut à lui, et d'une main lui essuyant le front, de l'autre elle lui présenta sa grande pinte.

— Comment veux-tu que nous soyons ruinés, hein, père? Si nous n'avons pas le domaine, eh bien! nous ne le paierons pas!

— C'est juste, dit le receveur; à zéro paie zéro, reste zéro.

— Allons! ne te désole pas, pauvre cher homme! donne-moi ton chapeau et ta canne Est-ce qu'on peut jamais manquer avec des enfants qui travaillent? Sans compter que Dieu nous en enverra encore d'autres! Bois un coup, te dis-je, et raconte-nous tranquillement toute l'histoire.

Le fermier épuisé tomba dans son grand fauteuil; les assistants restèrent debout et écoutèrent dans le plus grand silence.

« — Faut vous dire d'abord, mes amis, que j'étais arrivé assez tard pour avoir l'air d'un simple curieux, mais ma place était retenue, et comme je suis d'une petite taille, je fus obligé de monter sur une chaise d'où je pouvais voir mes hommes d'un coup d'œil et leur faire signe à l'occasion. Les commissaires arrivent; le plus vieux se met président et prend la parole pour dire au public : Que le comte de Chapstal étant passé à l'étranger, il est juste et naturel de vendre ses biens pour entretenir un nombre considérable d'armées destinées à l'empêcher de revenir; en disant ces paroles il allume la première chandelle. Là-dessus je fais signe à Thomas, caché dans un coin sous d'énormes lunettes : il se lève bravement, et d'un ton décidé à l'emporter sur tout le monde, il met le domaine, du premier coup, à vingt mille livres, comme pour intimider les amateurs; et moi je me disais en dedans : D'ici à cinq cent mille livres, prix d'estimation du majordome lui-même, nous ne courons pas encore grand risque! Cependant mes hommes commencent à donner : les uns crient mille livres, les autres se laissent arracher cinq cents livres, si bien qu'au moment où la première chandelle commençait à filer, notre sournois de Simon qui sous la perruque de monsieur le bailli avait l'air d'un millionnaire, met Saint-Nicolas et la petite famille à quarante mille livres! En ce moment le président prend la parole, et d'une voix qui fait retentir les vitraux de la salle il s'écrie :

— » Citoyens! ça vaut mieux que ça.

» Et en même temps il allume la seconde chandelle. Je saisis l'occasion, et je dis adroitement : — Le citoyen... dis donc, femme, j'ai dit citoyen comme les autres... Le citoyen président a raison : ça vaut mieux que ça; mais tout de même ça approche fameusement; la république ne voudrait pas vendre plus cher qu'un autre, et c'est pas les mines du Pérou que votre Saint-Nicolas! des montagnes qu'il faut bêcher à l'échelle, et des rochers capables d'approvisionner un million de fabriques de pierres à fusil! Du reste, ce n'est pas que ça me regarde; je dis ça parce que je suis du pays, et voilà tout. — Mais le président reprend la parole et me dit : Silence! moi je lui réponds :

Tu te trompes, président, je ne suis pas aussi mauvais citoyen que tu le dis, et pour preuve je mets les biens à quarante-cinq mille livres! Simon et Thomas lâchent alors un si gros juron, que le président leur fait de grands yeux, si bien que tout ça consomme la seconde chandelle. Dès lors mes hommes paraissent découragés, n'enchérissent plus que de cent livres à la fois, et le président rallumant la troisième chandelle reprend la parole pour la troisième fois, et s'exprime ainsi :

— » Citoyens! puisque c'est pour le salut de la patrie, ça vaut encore mieux que ça!

» Moi je lui reponds de suite :

— Citoyen président, pour en finir, et puisque c'est pour le salut de la patrie, qu'on m'adjuge le tout pour soixante mille livres! Mais n'y aurait-il pas moyen de me dédommager un peu sur les frais?

» Le président réfléchit une minute, et me répond : Silence! Cette fois il est bien obéi, car tous mes hommes baissent la tête, paraissent vaincus et consternés; et moi, voyant qu'il n'y a aucun amateur dans l'assemblée, je commence à me repentir d'avoir mis la chose à un si haut prix; et cette maudite chandelle qui brûlait toujours comme si elle eût fait exprès de ne pas s'éteindre! Si bien que je faisais en moi-même une prière à la sainte Vierge, et que je lui promettais de lui en allumer une douzaine à condition qu'elle ferait éteindre celle-là tout de suite! lorsque tout-à-coup une voix grave dit ces paroles que j'entendrai, je crois, jusqu'au fond de la tombe, quand même on m'enfoncerait à cent pieds sous terre :

— » Citoyen! puisqu'il s'agit du salut de la patrie, je mets le domaine à six cent mille livres!

— » Est-il possible? s'écria le majordome : cent mille livres plus qu'il ne vaut?

— » Oui, six cent véritables mille livres! Vous voyez bien, William, que je ne pouvais plus enchérir? Et quand j'en aurais eu la volonté, je sentais que ma langue ne consentait plus à remuer; je regardais la tête blanche de l'étranger, qui reluisait à la flamme expirante de la troisième chandelle, à tel point que je crus à une vision, que je la pris pour la tête de saint Jérôme, qui est en argent massif, sortie tout exprès de sa chapelle pour venir acheter le domaine; et au moment même où je faisais un signe de croix j'ai entendu le terrible mot : Adjugé!

» L'étranger s'avance alors :

—» Je m'appelle André, dit-il, je paie comptant : voici des valeurs sur la banque et ma carte de sûreté.

» Le président met ses lunettes, examine la carte, et se levant tout-à-coup il retire son chapeau avec les marques du plus profond respect, mais la tête blanche lui fait signe de s'asseoir, lui dit quelques mots à voix basse, et passant ensuite devant moi, murmure ces paroles dans mon oreille : Nous nous reverrons, fermier Aubry. Après ça je n'ai plus rien vu ni entendu, et je ne sais même pas comment je suis revenu ici; et pourtant je vois bien que ce n'est pas un rêve, puisque voilà du feu, que je touche mes genoux et que je meurs de soif; à votre santé, messieurs! Femme, est-ce que la petite dort? »

— Six cent mille livres! dit en riant l'heureux garde-chasse; en voilà un qui ne tient pas à cinq sous pour avoir un bon cheval!

— Et les magistrats n'ont pas requis son acte de naissance? demanda gravement le vieux juge..... Et il s'appelle tout simplement.....?

— Tout simplement André, dit l'étranger lui-même en ouvrant lentement la porte de la salle, et le voici qui vient vous faire une visite, mes braves gens!

Le majordome fit un pas en avant, et dit avec une sourde fureur : C'est donc vous qui êtes André l'acquéreur?

— Oui, monsieur le majordome, répondit tranquillement l'étranger. J'étais curieux de connaître par moi-même un château assez enfoui dans les montagnes pour offrir une retraite inconnue à une pauvre malade de ma connaissance qui est morte il y a trois jours, et qui s'appelait Marguerite.

Le majordome pâlit, et fit un pas en arrière; mais l'étranger continua sans paraître remarquer cette subite émotion.

— J'étais donc bien aise de connaître les habitants de ce village, près duquel j'espère finir paisiblement mes jours; en même temps, je viens annoncer au père Aubry que je lui continue le bail à ferme, en y ajoutant celui du vignoble qui lui sera peut-être agréable; mais comme les temps sont durs, il est juste de dire que je diminue la redevance de moitié, et j'ajouterai à son exploitation la belle ferme de Saint-Valery, qui m'appartient, pour peu qu'il me promette de donner la direction de son ménage à l'une de ses filles, et qu'il me laisse emmener avec moi dans la Vallée, la bonne mère Aubry, sur laquelle je compte pour élever mes enfants. Cependant, en considération de ses bons offices, j'emmènerai aussi la petite Amanda, que je vois dormir dans son berceau, et dont je veux être le parrain, afin qu'elle puisse dire plus tard comment la fortune vient en dormant. Cependant, en reconnaissance de ce que je fais pour elle, j'espère qu'elle consentira à partager le lait de sa nourrice avec un joli petit enfant qui est entré dans ce bas monde au moment où sa mère entrait dans le ciel. Enfin le père Aubry voudra-t-il me rendre aussi un service?

— Lequel, monsieur André? mes ouvriers, mes chevaux, ma femme, les dix enfants qui me restent, et moi par-dessus le marché, tout est à votre disposition!... car je sais bien que vous n'en abuserez pas, et que vous ne voudriez pas faire tort à un pauvre fermier.

— Comme je ne veux pas habiter le château, et que dès demain je compte m'installer dans la jolie métairie qui s'élève au bord du lac, je vous demande comme service de joindre vos instances aux miennes pour décider M. le majordome que voici, et dont les menaces faites dans le village ne peuvent être attribuées qu'à son attachement pour un ancien maître, à accepter la direction du château. Je le confierais d'autant plus volontiers à ses bons soins, qu'il n'aurait d'autre office que de l'entretenir convenablement et de le tenir toujours prêt à recevoir un parent malheureux qui est parti pour un long voyage, mais qui peut revenir d'un moment à l'autre. J'espère en outre qu'en récompense de la belle conduite qu'il se propose de tenir, M. le majordome me permettra de doubler ses honoraires, à la condition qu'il conservera dans les cours intérieures, mais sans jamais les laisser sortir, ses dogues, que j'aime beaucoup, mais qui feraient peur à un charmant petit ange que Dieu a fait descendre dans mes bras. Leur mère est morte, à ces pauvres enfants, et à ma tristesse vous devez bien voir que je suis le père, et que je cherche une retraite pour pleurer.

Voilà pourquoi j'aurai besoin des services de M. le forestier, dont je connais l'activité; il surveillera les alentours de la vallée, afin qu'on ne trouble pas ma solitude. Qu'il vienne me trouver demain dans la métairie, je suis sûr que nous trouverons occasion de nous entendre.

Quant à vous, monsieur le curé, je dois vous dire que j'ai vu tout récemment à P*** monseigneur l'archevêque, que j'ai beaucoup connu, et qui m'a chargé de vous remettre votre nomination à la cure de Mauléon, avec la seule recommandation d'édifier vos paroissiens par la tolérance et la charité, et de dire aussi quelques prières pour la sauvegarde du territoire et le bonheur de la France, quels que soient les maîtres qui la gouvernent. Pour que vos brebis se consolent de votre perte, monsieur le curé, je vous remplacerai dans cette paroisse, et si la chapelle de la métairie semble un peu éloignée du village, j'aurai soin de faire oublier la distance aux pauvres.

Allons, tout est convenu, et je vous quitte, mes amis. Demain matin, bonne mère, vous trouverez à la métairie deux jolis berceaux parmi lesquels vous choisirez celui de votre Amanda. Je vais rejoindre mes deux enfants, et j'espère qu'on va boire ici, à mes frais, quelque baril de vin d'Espagne à la santé de nos frères, à ceux qui sont partis et à ceux qui sont restés; car ils sont tous, hélas! les enfants de la France!

Le mystérieux vieillard avait disparu comme l'ombre d'un génie bienfaisant; on l'avait écouté dans un silence religieux, et madame Aubry avait plus d'une fois tenté de se prosterner à ses pieds; mais un regard à la fois bienveillant et sévère l'avait retenue à sa place.

Le majordome était partagé entre deux stupéfactions causées d'un côté par l'apparition qui venait de s'évanouir, de l'autre par la posture de son chien, lequel, assis sur ses pattes de derrière, regardait encore avec des yeux humides la place où avait parlé l'inconnu, tandis que sa longue queue battait dans les cendres du foyer. Ce fut donc encore William qui osa rompre le charme que cette visite inattendue avait jeté sur l'assistance.

— Miraculeux! prodigieux! il faut que cet André soit un ange ou un démon, car il a fasciné Sultan, qui, pour la première fois de sa vie, vient de regarder un étranger sans lui montrer les dents; que dis-je? et que tous les saints nous protègent! il lui faisait des yeux si tendres que jamais je ne lui en ai vu de pareils, moi qui suis son maître et qui lui choisis toujours les meilleurs morceaux. Au surplus, que ce soit saint Michel ou le diable, puisque le domaine et le château nous restent, je fais la motion de boire toute la nuit à la santé de cet André qui me paraît bien le meilleur corsaire qu'on ait chance de rencontrer en pleine mer depuis les îles Malouines jusqu'à l'île des Chiens d'où j'ai ramené Sultan. Aubry, que dites-vous de la motion?

— Je dis que si mon ange gardien ne daigne me frotter les yeux, comme à Tobie, avec le fiel de n'importe quel poisson, je n'y verrai pas clair d'ici à la fin du monde, tant je suis ébloui! Que dites-vous de tout ça, mon fils, vous qui êtes le représentant de Dieu sur la terre?

— Je pense que puisqu'il a plu à l'Être-Suprême de remplacer nos rois légitimes (que saint Denis les protége!) par des maîtres aussi bienfaisants que l'envoyé de monseigneur l'archevêque, il faut courber la tête et dire: Que la volonté du ciel soit faite! Dès mon arrivée à Mauléon, je dirai messe basse pour Louis XVI et son auguste famille.

— Et qu'il n'en soit plus question! — dit William avec un rire qui fit vibrer tous les cuivres de la cuisine, — prions pour ceux-là d'abord, plus tard nous prierons pour les autres!

— Et moi, je veux dire aussi mon opinion, — cria la mère Aubry en élevant dans ses bras la petite Amanda, qui ouvrait des yeux étonnés ; — je déclare que quand j'aurais une demi-douzaine de filles comme celle-ci à nourrir, je trouverais bien encore une petite part pour l'enfant de ce bon père, qui me fait l'effet de ressembler à saint Joseph fuyant en Égypte avec son petit Jésus. Avais-je raison de vous dire qu'il fallait crier : Vive la Révolution ! Souvenez-vous bien qu'il n'y a rien de pareil à une bonne pluie d'averse pour gonfler la rivière ! C'est décidé : je pars demain pour la métairie !

— Vous parlez comme un gros livre, grosse mère ! — reprit William en riant. — Pour mon compte, j'aime mieux être le majordome d'un André comme celui-là que premier ministre du roi de France ou de l'empereur de Maroc..... Et toi, forestier ?

— Je me range d'autant plus volontiers de votre avis, que ceci va clore la discussion ; et qu'enfin nous pourrons nous mettre à table !

— A table ! s'écrièrent tous les convives.

— Un instant ! — objecta le fermier ; — comme la scène se passe dans ma maison, je veux entendre en dernier lieu l'avis de M. le bailli.... Diable, il ne faut jamais se compromettre!

— Mes enfants, — dit le vieux juge en regardant avec des yeux pleins d'indulgence et de miséricorde les plats fumants qui arrivaient en foule sur la table, — je ne connais aucune loi qui défende à une créature humaine de manger quand elle a faim ni de boire quand elle a soif, pourvu que ce soit sur son bien propre; si ce n'est pourtant la loi de la sainte Église qui ordonne le jeûne pendant le carême et certains jours de l'année; mais cette loi, qui n'est exécutoire que pour les fidèles, n'entre pas dans le ressort de notre juridiction, attendu que le tribunal qui juge ses infractions ne siége pas dans ce monde. Ainsi donc, j'estime....

— Qu'il faut se mettre à table! — cria l'affamé garde-chasse, prenant place à l'instant pour donner à l'assemblée un exemple agréable à suivre.

Nous regrettons que notre devoir d'historien fidèle nous rappelle auprès du vieillard mystérieux qui vient d'apporter une si grande joie et un si vif appétit à nos convives; autrement notre penchant particulier nous eût porté à vous donner le récit de cette fête nocturne où les notables habitants de Montperdu noyèrent dans le vin les peines et les douleurs de ce bas-monde.

Cependant, il n'est pas inutile de constater que vers les trois heures du matin le curé tira de sa poche un livre noir sur lequel il se pencha pour méditer commodément dans l'attitude d'un prélat endormi; qu'environ à la même heure le forestier lança à la tête du receveur un verre qui, allant frapper le dessus de la porte, creva les yeux au pauvre Joseph éternellement suspendu sur son puits, tout en faisant un trou considérable dans la fameuse tour de Babel; et qu'enfin, vers quatre heures, le majordome coula soudainement sous la table, où il alla rejoindre Sultan près duquel il s'endormit, de telle façon qu'ils purent rêver ensemble et côte à côte à cette maxime consolante : que le chien et l'homme sont égaux sous la table du banquet !

V

LA

MÉTAIRIE DES FRÊNELLES.

« De l'eau, de la verdure, du vent et point de poussière. »

Dans la partie la plus profonde de la vallée, sur le bord du lac aux eaux transparentes, et vers le milieu du bois de frênes, s'arrondissant en un vaste demi-cercle, s'élève une charmante habitation qui fut autrefois un monastère.

Un prieur de l'ordre de Saint-Jacques chassé par une excommunication pontificale et suivi de cinq religieux blanchis par l'âge, y était venu finir ses jours dans la méditation et la retraite. A la mort du prieur, les autres religieux obtinrent de Jean d'Albret la permission de demeurer encore dans ces lieux où ils moururent tous, jusqu'au dernier, qui survécut aux autres l'espace de vingt années.

Dès que le vieux solitaire fut mort, le jeune maître du château se hâta de faire du monastère un rendez-vous de chasse, où, durant les beaux jours d'été, des troupes folles et joyeuses venaient boire le vin d'Espagne et fumer le tabac turc dans de longues pipes d'Allemagne.

Ainsi ce petit couvent, qui pendant un demi-siècle n'avait été ébranlé, aux heures de nuit, que par le pas régulier des moines allant chanter matines, fut tout-à-coup remué jusque dans ses échos souterrains par des chants mondains et des clameurs étranges.

C'est ainsi que tout passe ou se transforme dans ce monde, et que sur la place où l'on enterre aujourd'hui les morts, s'élèvera, dans un siècle, un théâtre où de lascives danseuses viendront fouler un sol encore mal affermi.

Pendant le long intervalle où le château fut abandonné par le roi protestant qui ne dédaigna point de s'asseoir sur un trône catholique, le rendez-vous de chasse devint à son tour une petite métairie où les cultivateurs de Montperdu trouvaient un asile pour eux et leurs foins, et où les pasteurs venaient de tous les points de la prairie abriter leurs troupeaux.

L'architecture de l'ancien monastère était du style gothique le plus pur. Le corps de logis n'était composé que d'un seul étage construit sur une voûte épaisse, dont les arceaux s'élevaient à dix pieds au-dessus d'un sol que le voisinage du lac rendait un peu humide durant les longues pluies.

On y arrivait par un double escalier de pierre orné d'une balustrade en marbre taillé à jour avec une légèreté et une délicatesse qui semblent, hélas! n'appartenir qu'aux siècles de l'esclavage. Six petites cellules aux murs blanchis et dépourvus de tout ornement, mais ayant vue sur le lac et la prairie, s'élevaient ingénieusement autour d'une salle commune où semblaient s'être épuisés tous les efforts de la sculpture et de la mosaïque. Les solives du plafond étaient surchargées de sujets fantastiques en reliefs bleu et or, et celle du milieu laissait pendre un groupe étrange de chérubins aux ailes déployées qui semblaient soutenir dans les airs un autre groupe de sirènes toutes nues et d'animaux difformes : mystique assemblage des idolâtries antiques et des croyances modernes.

Dans le fond de la salle, une riche tenture de cuir représentait une chasse d'automne où les arbres et les montagnes étaient frappés en or, et d'où se détachaient vigoureusement les chasseurs, les chiens et un cerf d'argent.

La grande cheminée était couverte d'inscriptions à demi effacées par le temps, disant en style goth les devises et les prouesses de quatre chevaliers enfumés, dont les statues en bois se tenaient fièrement debout, et regardaient dans la salle comme pour faire agenouiller leurs vassaux.

Mais les vassaux n'étaient plus là, car depuis des siècles ils avaient eu le privilége de mêler leur poussière à celle de leurs nobles maîtres dans cette tombe commune où tout se mêle et se confond, et qu'on appelle : la terre.

Mais si, à l'intérieur, la vue ne pouvait se porter que sur les traces d'un passé doublement anéanti, la grande fenêtre ogive du fond s'ouvrait sur une scène vivante de la nature immortelle qui ne semble expirer, chaque hiver, que pour renaître, chaque printemps, avec tout ce qui chante, s'épanouit, bourdonne ou murmure; avec les oiseaux, les fleurs, les abeilles et les ruisseaux.

La vue descendait mollement d'un balcon extérieur, et allait se reposer sur la grande prairie coupée dans tous les sens par mille courants d'eau égarés et ramenés, dans une multitude de canaux communiquant entre eux par de petites écluses, au lac destiné par la nature à les absorber tous.

On eût dit une Hollande en miniature creusée dans les plaines de l'Andalousie.

A l'extrémité du corps de logis cachée dans l'ombre du bois de frênes, s'élevait une tourelle brodée à jour, comme si elle eût été revêtue d'une robe de dentelle, et dont le clocher fin comme une aiguille, et recouvert de pierres rocailleuses et grisâtres, ressemblait singulièrement à un de ces coquillages hérissés que de hardis marins rapportent des mers boréales.

Le bas de la tourelle était entièrement occupé par une chapelle circulaire où l'on ne voyait plus que les ruines d'un autel, mais où s'étaient parfaitement conservés les stalles et le confessionnal des cinq moines, parce qu'ils avaient été creusés dans l'épaisseur de la pierre.

Du haut de la voûte pendait une corde qui, communiquant à la cloche suspendue dans les airs, venait tomber sur un cercle de dalles figurant la scène de la Circoncision, due au minutieux travail d'un célèbre mosaïste vénitien.

La corde était moins vieille que le petit monument, et il était facile de reconnaître qu'elle avait été renouvelée depuis la mort des religieux, sans doute pour appeler les pasteurs au repos et à la prière.

Derrière la métairie, car nous lui donnerons désormais ce nom, une autre prairie plus retirée entrait tout-à-coup dans le bois, s'y enfonçait, s'y arrondissait, et formait dans le mois de mai comme une mer lactée de petites marguerites blanches d'où l'on ne pouvait voir que le ciel et les fleurs.

Cette prairie avait été nommée les Frênelles, à cause des frênes élancés qui en dessinaient les contours. C'était là qu'on respirait cet air doux et pur que tant d'êtres humains renfermés jusqu'à la mort dans les villes immondes, n'ont jamais respiré : pauvres créatures, qui se disent libres et qui sont éternellement emprisonnés dans des cages de boue et de pierres! Oui, c'est sur les bords des bois et au milieu des prairies qu'on respire l'air de la vie et de la liberté; car, outre que l'âme s'y dilate et s'y divinise, les arbres ont le privilége d'y absorber pendant le jour les miasmes impurs que le vent du matin n'a pas déjà emportés par-dessus les montagnes.

C'était donc une de ces retraites pleines de silence et d'ombre, où l'on entend la marche d'un insecte dans l'herbe, où l'on voit s'ouvrir lentement les fleurs; où une imagination trop vive et un cœur trop neuf poursuivent dans les nuages une apparition belle comme une vierge et bonne comme une mère, mais qui s'évanouit, hélas! au premier rayon du soleil ou au premier souffle du vent.

Car, il faut l'avouer, si les villes sont les royaumes des amours faciles et positifs, c'est ici le royaume des nuages qui glissent, des ombres qui s'effacent, des amours et des feuilles qui s'envolent.

Mais pourquoi poursuivre une ombre? elle s'évanouit, rapide comme la pensée, revient, s'évanouit encore; et lorsqu'elle reparaît et qu'on la saisit enfin dans ses bras, on tient une ombre et on pleure.

Voilà les seules douleurs des champs!

Dans notre petite métairie, au fond des Frênelles, un vieillard, que les habitants de Montperdu appellent le père André, élève depuis seize ans Georges et Marguerite, tendres enfants emportés loin du monde et cachés comme deux fleurs précieuses dans une terre légère et abritée.

Le bois de frênes, le chant de la fauvette, plus suave mille fois que celui du rossignol; les petits cailloux du ruisseau, les nénuphars aquatiques brillant dans leurs larges feuilles luisantes; les insectes dorés voguant à fleur d'eau sur leur nacelle de verdure; les fleurs blanches émaillant la prairie; le ciel bleu, les nuages argentés, les saules chevelus; le feuillage des grands arbres renversés dans l'eau; la tourelle qui s'allonge et se mire dans le lac; les deux lévriers qui poursuivent leur propre ombre jusqu'à ce qu'elle se perde dans celle de la forêt; Georges assis sur une passerelle, les pieds pendants sur le ruisseau, et regardant tristement au loin Marguerite, qui l'abandonne pour aller cueillir des marguerites, et le père André, qui les contemple en pleurant sur son livre toujours ouvert à la même page; la mère Aubry, qui depuis une heure appelle tout le monde, à grands cris, pour le dîner, et qui, de guerre lasse, va sonner la cloche de la chapelle, au risque de faire accourir les villageois épouvantés; Georges, qui fait un long détour pour rentrer seul à la métairie; Marguerite, qui, voyant cela, passe le long du lac pour y jeter ses fleurs une à une; le vieil André, qui retourne sur ses pas et essaie de courir pour aller chercher son livre précieux oublié sur le gazon, et que les deux chiens rapportent en courant de front, se le disputant, le secouant tour à tour, et finissant par le tirer en sens opposés jusqu'à ce qu'ils emportent chacun leur volume; l'impatiente ménagère, qui gronde dans le lointain comme l'orage d'un beau jour d'été : oh! quel paradis perdu dans les montagnes, mille fois plus céleste et plus doux que celui de Milton!

Paradis perdu, que tout le monde peut trouver, et que personne ne cherche!

Personne, si ce n'est le père André et ses deux anges; et puis encore leur historien, qui, pour vivre dans leur paradis, va s'attacher à leurs pas, et les suivre jusqu'au bord de leur tombe, où il serait bien heureux de trouver aussi une place!

VI

GEORGES ET MARGUERITE.

» Je sens que je suis aimée comme jamais personne ne l'a » été. Cette pensée répand en moi une joie délicieuse. Oui, » je sens qu'il m'aime de toutes les manières à la fois; j'en » suis si pénétrée! »

Journal de Sophie-Monnier.

TOM.

— Je t'aime bien.

JENNY.

— Moi aussi, mon ami.

Tom Jones.

Marguerite !

Comment peindre Marguerite ?

Marguerite a des cheveux blonds et fins comme le lin le plus pur. Ses grands yeux bleus sont si doux qu'ils ne peuvent regarder une chose sans paraître l'aimer ; le caractère continuel de son regard est tel, même lorsque sa bouche dit les paroles les plus légères, qu'on est tenté de croire qu'un bien-aimé invisible vient d'entrer, qu'il est là, qu'elle le regarde et qu'elle seule le voit.

Sa taille est si fine et toute sa personne si frêle, que son cou gracieux semble prendre peine à supporter le poids de sa tête; aussi cette tête de colombe se penche-t-elle comme une fleur sur sa tige.

Marguerite est une de ces créatures qu'on croit d'une nature céleste, dont on rêve qu'elle se nourrit de lumière, d'air et de parfums; une de ces apparitions qui viennent vous enlever votre âme pendant votre sommeil, et qu'au point du jour vous cherchez dans les nuages.

Et quel nom lui donner? Pour elle, le mot femme a quelque chose de trop épanoui déjà, puisque Marguerite tient à la fois de l'enfant et du bouton de fleur; on n'oserait même pas l'appeler une vierge, car le mot vierge exprimerait l'idée d'une pureté qui vit dans son âme et qui plane sur sa tête, mais qui peut s'envoler un jour; tandis qu'il semble que rien ne doit s'envoler de Marguerite, cette essence de toutes les puretés. Ou bien si jamais quelque chose s'en détache, ce ne sera plus elle. La femme pourra naître alors, mais il ne faudra plus l'appeler Marguerite.

Non; Marguerite n'est ni femme, ni vierge, ni jeune fille; c'est un mélange animé de l'enfant, de l'oiseau et de la fleur.

A l'enfant, elle prend sa pureté naïve et son insoucieuse gaieté, à l'oiseau sa légèreté et ses chants, à la fleur sa vertu et ses parfums; elle rit comme un enfant, vole comme un oiseau, et se cache comme une fleur.

Elle renferme en elle tout ce qu'on peut aimer dans l'amour.

Si elle passe devant vous et que sa robe vous effleure, un doux frisson vous monte jusque dans les cheveux; si vous êtes assis et qu'elle vienne derrière vous, vous pouvez ne pas l'entendre, mais vous comprenez qu'elle vient; si sa tête se penche sur la vôtre, votre cœur vous le dit avant son ombre; si ses cheveux touchent les vôtres, vos cheveux vivent et prennent une âme; si le souffle de son haleine effleure votre bouche entr'ouverte, votre visage pâlit et vos lèvres tremblent; si elle vous parle, vous restez muet; si elle s'enfuit tout-à-coup dans le parc, n'essayez pas de la suivre, vos jambes ne vous porteront pas; et si jamais elle revient vous faire un appel moqueur, un défi pour la course, quand même vos forces seraient revenues, vous n'oserez pas courir, vous resterez à la même place de peur qu'elle s'envole, car les ailes de sa robe que le vent fait frissonner vous paraîtront plus légères que les ailes charnues et emplumées d'un ange.

C'était pourtant un être bien gracieux qu'un ange! mais un ange n'a pas de sexe, et Marguerite a des ailes.

Pauvre Georges! ne trembles-tu pas de l'aimer, cette Marguerite toujours prête à s'envoler? N'as-tu donc jamais deviné la douleur silencieuse d'une tendre fleur qui reçoit une minute les enivrantes caresses d'un papillon doré? le papillon s'envole, et la fleur, qui ne peut ni le rappeler ni le poursuivre, balance tristement la tête au milieu de son ombre qui tourne à ses pieds.

Dis, Georges, ne trouves-tu pas à Marguerite quelque ressemblance avec cette demoiselle des roseaux, aux ailes transparentes, qu'hier tu as si long-temps poursuivie avec ta prison de gaze?

D'abord elle se posait près de toi, et, te regardant avec cet œil rond et luisant qui lui sort de la tête, elle ouvrait à plusieurs reprises ses longues ailes; et, naïf enfant, tu pensais que la coquette faisait cela pour te défier; non, c'était pour s'assurer qu'elles ne tenaient point ensemble, et leur frissonnement nerveux te décelait à la fois son impatience et les préparatifs de son vol.

Mais la voilà partie! tu la poursuis avec ardeur jusqu'à ce que son vol se ralentisse et qu'elle se pose enfin sur un roseau plus élevé que les autres. Cette fois tu l'approches et tu la trouves si belle, si diaphane, si aérienne, que tu restes un moment immobile. Tu retiens ton haleine, et ton cœur palpite; tu es si près d'elle que ton filet ne peut te servir, et levant doucement ta main en l'air, tu descends pardessus ses ailes deux doigts ouverts qui vont se refermer comme une tenaille vivante; ton angoisse est mortelle, et le battement de ton cœur fait trembler ton bras; ta main retombe lentement; ô bonheur! la demoiselle reste immobile; elle est comme enfermée sous l'arche d'un pont suspendu; tu fermes brusquement les doigts et tu saisis....... de l'air.

La demoiselle s'est envolée sur la surface du lac, et tu suis long-temps des yeux son vol irrégulier jusqu'à ce qu'elle se confonde au loin avec les fleurs bleues des iris aquatiques.

Pauvre Georges, tu l'attendis en vain jusqu'à la nuit, elle ne revint plus. Tu juras que tu ne poursuivrais jamais plus ni papillons ni demoiselles, ni Marguerites, et te rappelant tout-à-coup les douleurs causées à ta jeune âme par le vol des uns et la légèreté de l'autre, tu courus t'enfermer dans ta chambre et cacher ta tête dans ton lit pour étouffer tes sanglots.

Georges n'avait que seize ans, et il pleurait déjà. Il était, il est vrai, plus jeune que sa sœur d'adoption, mais la douleur profonde d'André qui le regardait souvent avec des yeux pleins de larmes à cause de sa ressemblance avec sa mère, la belle Marguerite de Saint-Jean, avait répandu dans son âme tendre et profonde une mélancolie vague et douce qui commençait à avoir ses moments d'amertume.

On eût dit que les pleurs de sa mère avaient débordé dans son cœur pendant qu'il vivait en elle, et y avaient formé une source de larmes qu'il lui fallait épuiser avant de mourir.

Georges élevé dans le monde y eût donc pleuré comme dans les champs. Il eût pleuré ses illusions perdues, son génie incompris, son ambition déçue : soldat, il eût pleuré ses frères d'armes, sa patrie et son cheval ; élevé dans la métairie, il pleure les papillons qui s'envolent et Marguerite qui s'enfuit. Et si jamais Marguerite doit en aimer un autre, ou ce qui est plus affreux, si elle doit cesser de l'aimer, Georges en mourra; mais ce jour-là ne s'envolera-t-il pas aussi?

Un poëte a dit qu'en amour il y en a un qui aime, et l'autre qui est aimé.

Si cela est vrai, celui qui aime, c'est Georges!

Et pourtant comment ne pas l'aimer, ce beau jeune homme de seize ans, aux grands yeux noirs brillant dans un front pâle avec la double expression d'une pureté naïve et d'une pensée profonde? Oui, c'est bien là le regard du jeune et rare penseur qui souvent s'arrête immobile et fixe, comme pour pénétrer jusque dans le fond des choses. Comment ne pas aimer Georges avec sa douce chevelure que, d'un mouvement de tête, il rejette fréquemment sur ses épaules; Georges, dont le sourire quelquefois douloureux et amer, mais toujours loyal et jamais ironique, laisse entrevoir des dents blanches comme le lys, sous des lèvres aussi pures que la rose humide qui s'entr'ouvre aux premières clartés du jour?

Marguerite, est-ce que vous n'aimerez pas Georges? Lui qui aime tout ce qui respire; qui se détourne pour ne pas marcher sur l'insecte attardé dans le chemin de sa maison souterraine; qui retire de l'eau la fourmi qui se noie, pour la poser au milieu d'un rayon du soleil; lui qui a si souvent arraché de pauvres voyageurs ailés aux serres velues de l'araignée, ce noir assassin accroupi au rond-point des grandes routes aériennes!

Lorsque pendant des heures entières, oublieuse et légère Marguerite, vous avez poursuivi et mutilé les papillons de la prairie qui vous laissent aux doigts leur poussière d'or, et que vous tournez enfin la tête pour voir Georges qui se promène lentement dans l'ombre des saules, ne sentez-vous pas une soudaine conscience qui vous dit: On m'aime là-bas; on pense à moi; on souffre à cause de moi! ne sentez-vous pas en même temps se répandre en vous ce doux besoin d'aimer, de rêver et de ne voir que la poésie des êtres et des choses? Si vous ressentez cela, Marguerite, Georges est sauvé, car bientôt ce sentiment vague va faire couler dans vos veines une douce chaleur qui oppresse, qui déborde, qui inonde, et qu'on appelle: l'amour.

Un cœur qui loge l'amour, c'est la maison de Dieu sur la terre!

Une créature humaine qui n'a jamais senti l'amour, est une machine organisée qui se meut, qui broute et qui dort. Retirez à l'homme l'amour de l'humanité, de la science et de la bien-aimée, que reste-t-il? Rien autre chose que la bête sur deux ou quatre pieds, qui s'agite jour et nuit d'une façon plus ou moins intelligente depuis la fourmi jusqu'à l'homme pour arriver à un but unique et commun : se mouvoir sur la terre, dans les ondes ou dans l'air, pour manger et dormir dans des alvéoles ou des cabanes, des maisons de terre ou des palais de marbre, qui ne sont pas plus merveilleux que les ruches des abeilles et les villa maritimes des castors.

On a dit : l'homme d'esprit seul sait manger. On peut dire : l'homme de cœur seul sait aimer.

Georges et Marguerite ont peu d'esprit, car ils ne savent aucune de ces mille subtilités qu'on apprend à lancer dans les brillants tourbillons du monde, par saillies, par gerbes, par fusées, jusqu'à ce que la dernière étincelle retombe dans une nuit longue et profonde.

Georges et Marguerite savent lire; ils n'ont lu que dans trois livres.

Le premier est un livre d'amour; mais d'un amour des anciens temps, et que nos prélats et nos philosophes savent lire à peine : c'est le livre de Jésus-Christ: l'Évangile!

Le second est un livre de magie qu'ils lisent tous les jours sans pouvoir en expliquer jamais une seule page : c'est le livre de la nature!

Le troisième, est un livre qui respire et qui parle, et dont les tendres pages se tournent d'elles-mêmes selon les besoins du cœur, la gaieté de l'esprit ou la douleur de l'âme; ce livre, c'est le vieil André lui-même!

Georges et Marguerite savent chanter ensemble les chants des moissonneurs et les hymnes religieux, tandis que le père laisse tomber une larme sur une main qui s'agite sous prétexte qu'elle doit battre la mesure.

Georges sait panser et guérir une blessure. Marguerite sait faire une charpie fine comme le lin et blanche comme la neige, qu'elle pose délicatement sur la blessure avec des mains si blanches, et un regard si doux, que souvent le blessé en devient malade pour toujours!

Georges sait trouver les simples des Pyrénées et les ranger par ordre dans un herbier médical : Marguerite sait en faire des tisanes qu'elle porte quelquefois aux malades.

Oh! c'est un savant et rare médecin que Marguerite! au lieu que ce soit elle qui prolonge la maladie pour voir plus souvent le malade, c'est quelquefois le malade qui prolonge ses douleurs pour voir plus souvent le médecin!

Georges et Marguerite savent prier tous les soirs à genoux devant leur lit virginal et solitaire, sans jamais redire les mêmes paroles, et quelquefois même sans en dire une seule.

Georges et Marguerite savent aimer Dieu, et, dans leur pensée reconnaissante, ils se plaisent à lui donner la figure et le cœur du père André.

Georges sait faire au savant vieillard les questions les plus judicieuses sur la nature et l'humanité, sur les tumultueuses révolutions du globe, et sur les révolutions plus tumultueuses encore des êtres qui l'habitent; et pendant ce temps-là Marguerite, qui les écoute plus souvent de l'œil que de l'oreille, sait tricoter les bas de laine les plus chauds du monde pour

André, pour Georges, pour madame Aubry, et aussi pour les pauvres.

C'est ainsi que, lorsque les deux philosophes font pâlir la science d'Aristote, de Newton et de Pascal, la jeune ménagère produit des œuvres capables de remporter la palme dans l'exposition de l'industrie de Chaumont!

Georges sait embrasser comme un enfant la mère Aubry, qui l'a si bien nourri de son lait, que sa sœur Amanda en est morte, et Marguerite sait, sans rougir en aucune façon, sauter sur les genoux d'André, se mirer dans ses boutons d'acier poli, cacher une petite tête capricieuse dans la longue barbe blanche, qu'elle entr'ouvre avec ses deux mains pour regarder avec deux yeux brillants le vieillard attendri; et comme le bon père a l'habitude de fermer un œil avec un baiser, Georges arriva une fois qui ferma l'autre de la même manière; et l'innocente, qui croyait que c'était la main du vieillard, de se laisser faire et de s'écrier : Je suis aveugle! Pendant ce temps-là Georges voyait le ciel!

Georges sait mener à la chasse au courre Lisbette et son frère, ses deux beaux lévriers noirs et blancs; et lorsque ceux-ci reviennent haletants, Marguerite sait leur donner à boire du lait dans un vase blanc comme la neige, et du pain dans son tablier, qu'elle replie souvent sur leurs têtes, pour emprisonner dans ses mains leurs longs museaux pointus.

Georges sait aimer; Marguerite sait être aimée!

Et voilà tout ce que savent Georges et Marguerite!

VII

LE PÈRE ANDRÉ.

« Doux comme le printemps et fort comme la tempête. »

Jusqu'ici le père André ne nous est que vaguement connu. Peut-être, lecteur, l'as-tu déjà compris, parce que toi-même tu es simple, ennemi du monde ou malheureux, et que tu sais que l'auteur aime à peindre ceux qui te ressemblent, si toutefois tu ressembles à ceux que l'auteur peint.

Peut-être as-tu trouvé que notre mystérieux

vieillard a une certaine ressemblance avec les Honoré et les Ambroise, si, dans une de tes heures imprudemment dépensées, tu as lu les précédentes productions du rêveur qui, en jetant les yeux sur les hommes, craint en effet d'avoir rêvé des personnages trop imaginaires!

Cependant, ô lecteur ami de la nouveauté, qui aimes à voyager dans une histoire comme dans les voitures aériennes que précède un nuage de vapeur, et qui font disparaître, avec une rapidité fantastique, hommes, villages et clochers; souffre que l'auteur dise, pour se consoler, qu'il n'y a pas grand mal, au demeurant, qu'il existe trop de personnages comme le père André dans les livres imaginaires, car en vérité il n'y en a pas assez dans le monde réel!

Du reste, ces trois vieillards ne se ressemblent que comme les honnêtes gens entre eux: par le cœur.

Le père André n'est ni un athée, comme Spielberg, ni un religieux impassible, comme le père Ambroise, car, s'il possède la foi et la tolérance de celui-ci, il a souvent la brûlante énergie du premier; et quoique blanchi avant l'âge et flétri par une douleur surhumaine, il saura retrouver toutes les forces de la jeunesse et les mêler à la puissance d'une volonté vigoureuse pour défendre l'avenir de ses enfants chéris.

Peut-être aussi y a-t-il en lui des moments d'une croyance moins absolue en la toute puissance de Dieu, du moins par rapport aux choses de ce monde perdu dans les espaces; le père Ambroise, unissant étroitement cette toute-puissance à la toute-bonté, ne pouvait dire autre chose à sa fille d'adoption, si ce n'est : Dormons, Bibiane, et laissons faire à Dieu. Et Bibiane fut malheureuse.

Le père André voyant ici-bas le lâche acharnement de la fortune contre le juste sans défense; les misères inconnues de certains pauvres et la misère connue des masses; l'inégalité des conditions entre deux enfants nés dans la même minute, dans la même maison, et quelquefois du même père, l'un pour la gloire et les joies terrestres, l'autre pour la misère et le crime; les luttes mortelles du génie contre l'ignorance titrée; l'insolence des fortunes douteuses; la finesse du renard et la férocité du tigre jointes à la couardise de l'oiseau de nuit; les fumées de la gloire se mêlant à celles du sang; la misère la plus humble opposée à l'opulence la plus orgueilleuse chez les mêmes prédicateurs d'un Évangile qui prêche la pauvreté ; le nécessiteux curé de village baisant les pieds du luxurieux pontife de Rome ; à la vue de ce spectacle, le vertueux André s'était écrié : Dieu a tout créé, Dieu a tout prévu, mais peut-être n'a-t-il pu tout empêcher dans l'un des mille mondes de sa création : touchons plutôt à la main de l'ouvrier qu'au cœur du père! car est-ce donc avec la toute-puissance qu'un Dieu mille fois plus aimant et plus tendre que le plus tendre des pères, aurait façonné des créatures assez aveugles pour se laisser tomber dans les profondeurs enflammées de l'enfer catholique? et cette toute-puissance, qui a créé ce que nous voyons et ce que nous ne voyons pas, n'est-elle pas déjà assez merveilleuse et sublime, sans qu'on veuille l'augmenter encore aux dépens de la bonté divine?

Et le père André s'écriait de nouveau :

— Enfants, aidons à l'œuvre de Dieu, et surtout ne nous endormons pas!

Il s'était donc mis à l'œuvre, le vigilant André, et son œuvre à lui, pauvre vieillard creusé par les larmes et usé par l'amour, c'était de fuir! de fuir, en emportant dans ses bras ses orphelins chéris.

Souvent, après avoir passé en revue les grands et les petits criminels de la terre, le vieillard épouvanté avait reconnu qu'aucun chiffre humain ne pouvait contenir leur nombre; c'est alors que, murmurant quelques uns des noms les plus scandaleux de ces célébrités sanglantes : les Caïn, les Moïse, les Hérode, les Frédégonde, les Borgia, les Néron, les Charles IX, les Louis XI; les rois, les papes et les empereurs; les princes, les czars et les sultans; les conquérants et les inquisiteurs, les juges et les bourreaux; il lui passait devant les yeux des myriades de victimes plus innombrables que les grains de sable de l'Océan, et il s'écriait encore :

— Fuyons ces vautours cruels auxquels Dieu donne la chasse depuis le commencement du monde, et qu'il a en vain précipités dans les eaux du déluge!

Je te comprends et je t'aime, ô vénérable André! c'est aux vieux de fuir et aux jeunes de rester! Emporte donc au loin tes deux anges; que leurs tendres mains essayent de guérir tes blessures profondes; et tandis que tu travailleras à ton œuvre solitaire, les soldats de l'humanité combattront avec Dieu contre les iniquités couronnées de la terre!

Permets cependant à ton historien fidèle de te suivre dans ta triple montagne pour assister à tes luttes profondes et pour recueillir les derniers fruits de ta sagesse avec les derniers souffles de ta vie.

Que ne suis-je, hélas! ton fils adoptif Georges, pour baiser en pleurant ta barbe vénérable, pour conduire dans la vallée tes pas chancelants, pour écouter, silencieux et attendri, les moindres paroles qui sortent de ta bouche; pour courber ma tête tous les soirs sous ta bénédiction paternelle, et aussi pour être aimé de ta petite Marguerite!

Mais, hélas! ô bon André! au silence qui m'environne, aux épaisses ténèbres qui luttent contre la lueur de ma lampe, ma seule compagne fidèle, je vois bien que je ne suis pas ton fils Georges, et que pour les humbles historiens qui ne veulent écrire d'autre histoire que la tienne, ô vieillard sublime et solitaire! il n'y a d'autres Marguerites que celles qui fleurissent dans la prairie et qui meurent aux premiers souffles de l'automne!

VIII

ARRIVÉE ET MARCHE TRIOMPHALE

DU

ROI DES FRÊNELLES.

« Sire, une partie de la population qui accourt sur votre
» passage, ivre d'amour, n'est pas certaine de souper ce soir. »

Le maire d'une ville inconnue.

« Avant de rire, il faut que personne ne pleure. »

Maxime à apprendre.

Le vent de mer n'avait pas soufflé depuis deux jours, et le soleil du midi brillant dans un ciel sans nuages avait plongé ses rayons brûlants dans la profonde vallée. Le père André avait été sombre toute la journée; et pendant le repas du soir il avait gardé un silence inquiétant. Aux douces paroles de Georges et aux tendres agaceries de Marguerite, il n'avait répondu que par de longs regards d'amour et de douleur.

Bientôt le vieillard se leva, et Marguerite l'ayant suivi furtivement, le vit se diriger vers l'oratoire de la Tourelle. Cependant Marguerite s'était glissée le long des murs, comme une ombre, et d'un geste plein de toute la puissance d'une jeune fille qui se sent aimée, elle avait arrêté sur l'escalier le pauvre Georges qui descendait pour la suivre.

Rien ne saurait se comparer à la tendresse de Marguerite pour son père adoptif, si ce n'est celle de Georges; il faut avoir aimé une Marguerite pour la comprendre, et un Georges pour la deviner.

Marguerite s'était aperçue que chaque fois qu'André se retirait seul dans la chapelle, il en sortait pâle et souffrant pour plusieurs jours ; elle voulut enfin connaître la cause de ces douleurs, et marchant avec la précaution d'une jeune chatte qui fait patte de velours sur le pavé, elle arriva, aussitôt que le père, au seuil de l'oratoire, et se glissa dans l'ombre avant qu'il se fût retourné pour fermer la porte.

Marguerite le vit s'agenouiller sur les dalles

en face d'un tableau récemment arrivé de la cathédrale de P***, et placé au-dessus de l'autel de la Vierge. Bientôt, au murmure confus d'une voix qu'il cherchait à étouffer dans ses mains, Marguerite comprit que le pauvre père parlait et gémissait dans les larmes. Saisie d'un saint respect pour cette douleur prévoyante qui savait se cacher pour épargner celle des autres, la tremblante enfant n'osa se jeter dans les bras du vieillard; mais elle s'agenouilla derrière lui, et saisissant le bout de son habit, elle se mit à le baiser et à le mouiller de larmes silencieuses; en même temps elle regardait la belle sainte Vierge du grand tableau, en lui adressant la prière la plus fervente qui fût jamais sortie d'une âme aimante.

Peu à peu la douleur d'André s'apaisa, et Marguerite put entendre des paroles confuses dont elle comprenait à peine le sens.

— Mon Dieu, me donneras-tu la force de vivre jusqu'au bout? Je l'ai tant aimée, ô mon Dieu! le temps, ce consolateur des âmes vulgaires, n'a rien effacé dans mon cœur, rien, pas même un souvenir; et puis, quand je vois Georges, ne la vois-je pas elle-même? O Marguerite de Saint-Jean! ai-je pu résister au bonheur de te revoir dans l'image de la Vierge, qui comme toi tient dans les bras son enfant nouveau-né? Et si tu restes muette lorsque je te parle ici, la voix de ton fils qui me rappelle la tienne ne va-t-elle pas tout-à-l'heure me répondre? Mais le temps des larmes doit passer, et il faut se préparer à la lutte : l'autre va revenir, je le sens bien, et tout me le présage : la marche du despotisme, l'escorte des esclaves et la fuite des hommes! Il va revenir; et s'il allait me prendre mon enfant! Quoi, tu me quitterais, Georges? Hélas! tu ne sais pas encore ce qu'est devenue ta mère! Aurais-tu donc le courage d'abandonner un vieillard dont les bras te portèrent autrefois, et dont les pas chancellent aujourd'hui?.... Marguerite aussi? Oui, on quitte le vieillard pour suivre le jeune homme. André, tu resteras seul! Orphelin dès le berceau, tu seras orphelin de tes enfants à la tombe! Il n'est que trop vrai que quand l'heure sonne, les oiseaux quittent le nid de leur mère, et vont au loin bâtir un autre nid! Mais dépêche-toi, pauvre vieux, s'il faut que de tes mains tu creuses ta tombe! Adieu, pauvres enfants! adieu, Georges!.... Tu te caches en me quittant? c'est bien; j'attendais au moins cette larme... Va, je te pardonne... malheureux! que pardonnes-tu aux autres, toi qui as fui la maison paternelle? Oh! le ciel est juste! Adieu, Marguerite! c'est cela; une larme aussi! on pleure et on part, on part et on oublie!... Ils s'en vont en se tenant par la main; imprudents! Vous disiez que vous viendriez me revoir, et vous avez oublié de demander la place où sera mon tombeau!..... Mais, comme ils se regardent en marchant! ils sont heureux; ils ne reviendront pas!

— Tais-toi! oh! tais-toi! — s'écria Marguerite qui ne put en entendre davantage: — comment veux-tu qu'ils reviennent, ceux qui ne te quitteront jamais? Que vous ai-je fait, méchant, pour que vous m'accusiez ainsi? Vous pensiez être seul, et vous disiez tout ce que vous aviez dans le cœur..... Ainsi voilà comme tu juges ta Marguerite? Celle qui, tous les matins, t'embrasse la première et va écouter à ta porte, les nuits où tu es malade, comme tu vas l'être encore cette nuit. Ah! vous ne saviez pas tout cela? et pourquoi accuser sans savoir? Parce que je ris, parce que je chante, parce que je cours comme une folle, vous croyez que je ne vous aime pas?... Vois-tu, André, le danger de l'exemple? Maintenant Georges en dit autant que toi..... alors je n'ai donc pas d'âme? Eh bien! puisqu'on croit que je suis une ingrate et que je n'ai pas d'âme, je veux qu'on me chasse tout de suite de la maison; oui, je veux m'en aller toute seule et bien loin, bien loin; et j'ai tant de chagrin à présent, que si Dieu m'abandonne... je ne sais pas ce que je deviendrai!

— Mon Dieu! est-ce que j'ai dit tout cela, Marguerite? Je n'en pense rien du tout! tu as mal entendu ou je suis fou! C'est l'âge, Marguerite, c'est l'âge! Toi me quitter, ma petite Marguerite? Va, celui qui dit cela ne te connaît guère! n'es-tu pas la fille, la compagne, la petite sœur du pauvre vieux? Je t'aime! tiens, je ne peux pas te dire combien je t'aime! Mais si tu pleures encore, je ne sais pas ce que je ferai. Je vais appeler du monde; mais non, je vois bien que j'ai eu tort, pardonne-moi, et surtout ne pleure plus!

— Vous l'avouez enfin! c'est bien heureux! Mais c'est fini; et toi-même ne pleure pas comme ça, là!

— Oh! je suis soulagé maintenant; cette scène va me faire du bien, car je sens ce que je puis faire avec des enfants comme vous. Qu'ils viennent à présent m'arracher mes enfants que j'ai si bien cachés pendant seize ans! qu'ils viennent! et s'il faut les défendre, eh bien! on les défendra! Me prendre mes enfants! qui m'aurait dit qu'un jour j'aurais compris la violence!

Et le vieillard, en disant ces paroles, étendait les bras dans les ténèbres.

— Allons, mon père, calme-toi. Sortons d'ici, car j'étouffe. Viens dans la prairie, la soirée est si belle! Le soleil va se coucher derrière la montagne, et déjà le vent de mer se lève; entends-tu comme il commence à agiter les feuilles des arbres? Ne me refuse pas, bon petit père. Tiens! si tu veux, nous irons aux Frênelles, où tu nous expliqueras encore les étoiles; tu sais bien la grande étoile du berger! C'est si doux d'entendre tes histoires! Tu veux bien, n'est-ce pas? Est-ce qu'on refuse quelque chose à sa petite sœur, dis, bon petit père?

— Non, non! Appelle Georges, mais ne lui dis pas que nous avons pleuré... Ton frère est plus concentré que nous, Marguerite; et s'il savait mes chagrins, il souffrirait en silence. Georges a la tendresse d'un enfant et le cœur d'un homme. Allons aux Frênelles; j'ai quelque chose à conter qui nous intéresse tous les trois.

— Quel bonheur! quel bonheur! s'écria Marguerite en se jetant dans les bras du vieillard; nous ne dirons rien à Georges. Est-ce qu'il doit savoir comme ça tous nos petits secrets? — Et essuyant avec ses deux mains ses grands yeux mouillés de larmes, elle appuya son menton contre la poitrine du père, et relevant sa jolie tête blonde, elle lui fit une moue délicieuse, et lui dit d'une voix qu'il faut avoir entendue :

— Savez-vous, monsieur, que c'est très mal ce que vous avez fait là? Douter de sa fille! fi! que c'est laid de penser une si vilaine chose de sa petite Marguerite quand on croit qu'elle n'est pas là! la calomnier dans son propre cœur!..... Allons, voyons, je vous pardonne; mais dites-moi tout de suite que vous ne recommencerez jamais plus!

André la pressa dans ses bras sans répondre. Est-ce qu'on peut répondre?

Marguerite s'envola, légère comme un oiseau, sous la fenêtre de Georges, qu'elle appela d'un cri à la fois aigu et velouté, comme la voix du rossignol.

— Monsieur Georges! monsieur Georges!

Mais la fenêtre ne s'ouvrait pas, et Marguerite disait assez haut pour qu'on pût l'entendre de l'intérieur de la chambre : — Puisqu'on ne veut pas répondre, nous partirons seuls! nous allons aux Frênelles cueillir des fleurs et bien rire sur le gazon..... Mais tout le monde n'est pas obligé de venir..... si on aime mieux rester dans sa chambre, on peut rester! on ne force personne! Partons, puisque monsieur ne veut pas descendre!

Mais André dit à l'oreille de Marguerite : — Comment veux-tu qu'il réponde? tu devais appeler Georges, et tu en appelles un autre.

— Un autre?

— Tu appelles : *monsieur Georges*.

Marguerite rougit un peu et appela de nouveau : Georges! Et à l'instant la fenêtre s'ouvrit : — Me voici! Georges ne se fait jamais attendre! Je pensais que vous appeliez quelque jeune seigneur arrivé au château de Chapstal...

— Ne vous fâchez pas, monsieur de la métairie, et descendez un peu plus vite, car le soleil s'en va sans daigner nous attendre. Venez, voyons!

A ce dernier appel, dit avec une voix si pleine de coquetterie et de bonté qu'elle vous ferait descendre jusqu'au fond de l'enfer, Georges s'élança, et prit le bras du vieillard, tandis que Marguerite prenait l'autre; mais le bon André s'y opposa : — Courez en avant, mes enfants; je ne suis pas encore si vieux que je ne puisse marcher seul. — Georges obéit, et se mit à courir dans la grande allée; mais l'obstinée Marguerite resta comme suspendue au bras d'André, qui se promit bien de ne pas répondre un mot à la jeune fille, pour la laisser libre de s'envoler à son tour. De son côté, celle-ci fit de grands efforts pour engager avec le père une conversation profonde et durable.

— Il fait ce soir un temps superbe!... Savez-vous qu'il fait moins chaud que dans la journée?... N'aurait-on pas dit ce matin qu'il tomberait de l'eau?... Il est réellement superbe, le temps qu'il fait ce soir....

Peu à peu, et sans le savoir, elle serra moins fort le bras du père André, ensuite elle se baissa pour cueillir une petite fleur dont elle se mit à compter silencieusement les feuilles, et n'y trouvant pas son compte elle la jeta sur un phalène blanc qui ouvrait ses ailes aux premières vapeurs de la nuit... Le papillon eut peur et s'envola; Marguerite courut après lui et le poursuivit si long-temps, qu'elle finit par attraper Georges!!

Cependant le vieillard se livrant à de douces pensées s'acheminait lentement sur les bords du grand ruisseau, et se reposait quelquefois pour reprendre haleine. Il aperçut tout-à-coup Georges et Marguerite qui couraient en se tenant par la main, et qui tournaient la grande allée des Frênelles précédés des lévriers bondissant au loin et se retournant quelquefois pour les attendre : — Encore une surprise qu'ils veulent me faire ! murmura le vieillard. On veut me distraire de ma douleur. Georges agit sans savoir le motif, et je reconnais là Marguerite. Enfants chéris, déjà mon cœur vous a payés de ce que vous allez faire, vous qui croyez me surprendre !

Les préparatifs ne furent pas longs, car André entendit deux voix soudaines chanter dans le lointain le *Veni Creator* sur une mélodie touchante que Georges avait composée la veille.

André fut si vivement ému par la douceur de cette mélodie chantée par deux voix si pures au sein d'une solitude si sereine, qu'il fut obligé de s'appuyer contre un arbre. C'était l'heure mystérieuse où les dernières lueurs du crépuscule expirent derrière les montagnes, où le silence n'est interrompu que par le cri des orfraies qui s'éveillent dans leurs palais poudreux, le murmure lointain de l'Océan et le vol précipité des oiseaux surpris par la nuit.

Lorsque la mélodie religieuse se fut éteinte comme une hymne céleste, André reprit sa marche, et, lorsqu'il arriva sur le bord des Frênelles, à l'endroit où la prairie se plonge dans les bois, il fut arrêté par une sorte de sauvage couvert de feuilles verdoyantes qui se prosterna jusqu'à terre. Le vieillard voulut bien ne pas reconnaître Georges, et vit avec le même sang-froid Marguerite avancer sous un parasol de verdure; elle lui fit une immense révérence à la Louis XV, et lui posa solennellement sur la tête une couronne de blanches marguerites.

Cependant l'ambassadeur au splendide habit vert fit un pas en avant, se prosterna de nouveau, toussa trois fois et prit gravement la parole en ces termes :

« Sois le bien-venu dans tes vastes États des Frênelles, ô Roi devant lequel toute une population, sans excepter un seul habitant, accourt sur ses pas ivre d'amour et d'enthousiasme

» Daigne permettre à tes deux premiers ministres de te recevoir aux frontières de ton florissant royaume ; s'ils ne t'apportent pas les clefs ou même les portes de ta capitale, c'est que cette capitale ayant le ciel pour toit et la verdure pour tapis n'a d'autre porte que celle où les papillons et les oiseaux passent en foule sans se froisser les ailes. Nous aurions désiré, en honneur de ta royale bien-venue, mettre une foule de prisonniers en liberté; mais il n'y a d'autres captifs dans ce royaume que l'amour et la reconnaissance enfermés dans les cœurs, où ils se trouvent si bien logés qu'ils ne veulent pas en sortir. Les autorités dont je suis le fidèle organe n'ont reculé devant aucun sacrifice pour te recevoir d'une façon splendide dans tes riches États; aussi elles ont ravagé toute la prairie pour te faire une couronne et ce superbe chemin de fleurs sur lequel on va guider ta marche triomphale! Peut-être ton cœur sera-t-il vivement touché, ô grand monarque! lorsque tu remarqueras que rien n'a coûté à tes fidèles sujets pour éclairer d'une manière convenable ton entrée dans tes domaines royaux. Aussi, après nous être préalablement entendus avec le gouverneur suprême des astres nocturnes, nous n'avons pas hésité à allumer des milliards d'étoiles dans l'immensité de la voûte céleste. Enfin, tout le génie des architectes, des sculpteurs et des peintres s'est épuisé pour te construire ce splendide arc de triomphe sous lequel tu vas passer au bruit des acclamations unanimes, pourvu que tu daignes baisser un peu la tête qui dépasse le frontispice du monument qu'il a été physiquement impossible d'élever plus haut. »

En même temps, les deux ambassadeurs unissant leurs mains et arrondissant leurs bras en l'air, dessinèrent un arc de triomphe plein de grâce, dont les deux colonnes étaient l'ouvrage inimitable de la sculpture divine, puisqu'elles représentaient un Georges et une Marguerite; et cependant cet incomparable arc de triomphe aurait peu coûté à la bourse du pauvre, s'il y avait eu un seul pauvre dans ce miraculeux royaume; car il était d'une architecture à la fois si simple et si ingénieuse, que les deux colonnes marchaient d'elles-mêmes et pouvaient transporter le monument sur tous les points de la monarchie où le monarque aurait désiré en trouver un nouveau sur son passage. Le monument avait encore ceci de remarquable, que les poëtes n'avaient pas dû enfanter péniblement des quatrains enthousiastes pour le frontispice, attendu que celui-ci parlait lui-même et qu'il finit en ces termes :

« O grand Roi ! l'heure est venue de faire ton entrée solennelle dans ton royaume des Frênelles ; tu peux marcher sans aucune crainte, aucune main n'attentera à ta vie si chère, aucun obstacle ne te forcera à devenir le vainqueur de tes sujets avant d'en être le père. »

Le roi prit à l'instant la parole pour répondre, et, sans faire judicieusement remarquer qu'il était vivement ému, il se contenta d'essuyer deux larmes qui brillaient dans ses yeux et dit :

« Fidèles sujets, le roi votre père est heureux de recevoir ces hommages dont il n'est pas tout-à-fait indigne, s'il suffit au roi d'un royaume terrestre de nourrir, d'instruire et d'aimer son peuple. Je vois avec bonheur que la paix est tellement profonde dans mes États, que je puis jeter les yeux autour de moi sans être ébloui par l'éclat des armes de guerre qui brillent aux lumières quand on a pris le soin d'en essuyer le sang humain !

» Je ne suis pas étonné d'apprendre que toute la population est accourue sur mon passage si brusquement annoncé; car, en vérité, mes bienheureux sujets qui jouissent à eux seuls et sans entraves, ni dîmes, ni taxes royales, des fruits d'une terre si fertile, n'ont guère autre chose à faire que de se promener à la rencontre de leur roi.

» Quant aux sacrifices énormes que les autorités ont jugé à propos de s'imposer à elles-mêmes pour en décharger leurs subordonnés, afin de célébrer convenablement ma bienvenue royale, j'ai la satisfaction de vous annoncer qu'ils seront largement compensés, et le soleil a reçu la mission de faire naître, à compter de demain, dans votre prairie ravagée, mille fois plus de fleurs qu'elles n'en ont dépensé.

» Pour ce qui regarde vos deux prisonniers, j'estime qu'ils ont une prison si belle et si bonne, qu'il faut les laisser où ils sont, jusqu'au jour où prisonniers, geôliers et prison même, seront mis en liberté dans le ciel!

» Je suis ravi d'allégresse à la vue de la brillante illumination dont vous vous êtes avisés d'éclairer ma marche royale, et je n'hésite pas à reconnaître qu'outre l'économie sensible qui en résulte pour les finances du royaume, cela m'évite le désagrément de recevoir dans la figure la fumée des torches qui ont une clarté moins douce que celle de cet astre, que de concert avec l'Être suprême, vous avez allumé au milieu des étoiles, et qu'on appelle, je crois, la lune.

» Je ne me propose point de faire délivrer de l'argent et des comestibles à mes fidèles sujets, car ce ne serait d'abord que leur rendre les écus qu'il m'ont donnés, et ensuite ce serait faire injure à mon propre gouvernement, en supposant que, dans ces domaines les plus riches du monde, le plus grand nombre de mes sujets manquent de pain, tandis que les chiens qui m'accompagnent ont fait deux copieux repas avant de me suivre dans mon glorieux voyage.

» Si jamais je rencontre les architectes qui ont construit le gracieux édifice sous lequel je veux absolument passer, quand je devrais me baisser jusqu'à terre, qu'ils soient convaincus que je les récompenserai dignement; car, outre les preuves d'un talent incomparable, ils viennent de donner un exemple de désintéressement rare dans l'histoire des empires; en effet, je les soupçonne fort de s'être cachés dans les deux colonnes qui soutiennent l'édifice, pour se soustraire aux honneurs qui leur sont dus; mais comme un bon roi ne doit avoir de plus pressante affaire que de chercher l'humble mérite qui se cache, j'espère le découvrir à l'instant où je finis en adressant à tout mon peuple mes augustes hommages, et à Dieu ma prière pour qu'il continue à vous avoir en sa sainte et digne garde! »

En même temps le roi des Frênelles se baissa pour passer sous l'arc de triomphe vivant, et saisissant à la fois les deux colonnes, avec la force de Samson, il les pressa contre son cœur, et ébranla d'un seul coup l'édifice qui ne forma bientôt plus qu'un groupe dû à un ciseau merveilleux, car on entendit le bruit des baisers se confondre, et on vit la statue de Georges ouvrir les bras pour enfermer et étreindre les deux autres sculptures!

Ce fut la statue de Marguerite qui se détacha la première; un peu plus colorée que ne le sont ordinairement les statues de marbre, et l'ouvrage miraculeux de l'artiste divin n'offrit plus que des ruines, mais avec lesquelles un ingénieux sculpteur qu'on appelle l'amour, ferait facilement une foule d'autres statuettes pleines de fraîcheur et de jeunesse!

Cependant, un des sujets prit sans façon le roi par la main et le conduisit sur le chemin semé de fleurs, et le reste de la population suivit elle-même par derrière, pour lui servir d'escorte.

La marche triomphale arriva sans le moindre accident, et, chose inouïe, les exempts n'arrêtèrent aucun meurtrier, aucun enfant ne fut écrasé sous le pied des chevaux, et aucune femme ne fut étouffée dans la foule.

Le roi des Frênelles arrivé au milieu de son palais, prit place sur un trône de verdure, et tout son peuple sans distinction de rang, ni d'âge, ni de sexe, vint s'asseoir à ses pieds sur le gazon.

IX

UNE HISTOIRE DANS LA PRAIRIE.

Le Prêtre Joseph.

« Le son de l'heure n'a pas expiré sur la cloche, que voilà
» la cloche qui en appelle une autre. L'ombre des arbres
» grandit pendant qu'on la mesure; il faudra partir quand
» elle se plongera dans cette pelouse qui borde l'allée: et
» lorsque vous vous réjouissez qu'elle en soit encore loin,
» elle y est déjà. »

CHARLES NODIER.

— Maintenant que sous la grande voûte illuminée par les étoiles, tu es assis dans les fleurs au milieu de ta petite cour, ô bon père dont nous sommes les sujets, ô bon roi dont nous sommes les enfants, reçois une humble requête qui te supplie de penser que si tu dois avoir quelque chose de caché pour tes deux premiers ministres, ce ne doit jamais être la douleur.

Hélas! on voit bien que tu n'as pas toujours

été le roi d'un peuple aussi tranquille, et que bien des révolutions se sont succédé dans ton cœur avant que ton bon ange t'ait conduit par la main dans ce royaume des fleurs et des oiseaux, où les sapins centenaires suspendent sur toi leurs palmes verdoyantes. Tu as donc été frappé bien cruellement dans ta jeunesse, bon père, puisque les cheveux blancs qui couvrent ta tête, comme la plus vénérable des couronnes, ne la préservent pas des mauvais souvenirs; puisque les deux gardes qui veillent à tes côtés et les hautes montagnes qui t'enveloppent comme une ruche abandonnée cache une abeille solitaire, ont laissé passer les soucis et la douleur.

O bon père, Georges n'est peut-être encore qu'un enfant; tu lui as caché les livres, et tu ne lui as dit de l'histoire des hommes que ce qui les honore, parce qu'en même temps tu l'as caché aux hommes! Mais Georges médite quelquefois dans sa petite chambre et dans le fond des bois, et il a compris bien des choses déjà! il a compris surtout que les hommes ne sont pas toujours aussi bons que tu le dis; autrement serais-tu quelquefois si malheureux? Mais non, je ne suis plus un enfant; regarde mon ombre dans la prairie; vois comme elle s'allonge et comme elle dépasse la tienne! Va, je suis un homme et Marguerite est une petite femme! Si tu veux conserver ta part de ta douleur, partage-la du moins entre nous trois. Je sais quelqu'un qui m'a déjà causé de grands chagrins dont je croyais que j'allais mourir; mais je me cachais derrière les saules, je me penchais sur le bord des ruisseaux, et prenant mon visage pour celui d'un ami, je lui racontais mes peines à haute voix, et quand j'avais tout dit, je me sentais soulagé, et je ne mourais pas du tout!

Quelquefois aussi je regardais dans le ciel pour y voir l'image de ma mère!

Marguerite se crut aussi obligée de faire son discours dans ce jour solennel :

— O bon petit monarque, dit-elle en appuyant son coude sur les genoux du vieux roi, et se penchant en arrière pour mieux le voir, je suis sûre que tu nous parleras de ma mère, dont, hélas! je n'ai gardé que le nom et un souvenir. Oui, on dirait que je la vois encore assise dans le fond d'une petite chambre obscure; sa figure était blanche et restait quelquefois si long-temps immobile en me regardant, que je la croyais morte et que je me mettais à crier. Elle se réveillait alors et pleurait sur ma figure; je sentais les larmes couler sur mes épaules, et, quoique bien petite, je me taisais tout de suite, de peur de la faire pleurer davantage. Mais, une nuit, j'ai crié bien long-temps, et ma mère est restée immobile pour toujours!

— Je vous parlerai de vos mères, mes orphelins bien-aimés : nées aux deux extrémités de l'échelle sociale, l'une dans le noble salon, l'autre dans l'humble mansarde, elles ont eu le même nom, les mêmes douleurs et la même mort; aussi ont-elles reçu là-haut la même récompense!

— Laquelle, dit Marguerite en cachant ses yeux dans sa main, tandis que Georges regardait le ciel en silence.

— Celle de voir sur la terre leurs tendres enfants cachés dans le sein d'une montagne heureuse, aux pieds du vieillard qui s'est chargé de les aimer ici-bas pour elles!

— Est-il bien vrai, s'écria Georges en passant la main sur ses yeux, que notre mère nous voit de là-haut? Et si cela est vrai, elle voit dans ce moment que je la regarde?

— Est-ce qu'elle entend aussi ce que nous

disons? ajouta Marguerite. Et si je me mets à crier bien fort : Je t'aime, ma mère!... dis vite, André, l'a-t-elle entendu?

— Oui, mes enfants, votre mère vous voit et vous entend!

Georges, qui n'avait pas fait un seul mouvement, reprit :

— Et si je restais long-temps à la même place en regardant toujours le même point dans le ciel, est-ce que je finirais par la voir aussi, dis?

— Hélas! mon pauvre enfant, il faudrait rester ainsi jusqu'à l'heure de la mort; car c'est ainsi que les hommes appellent le commencement de la vie : dès qu'un Georges, ou une Marguerite, laisse tomber sur la terre son dernier soupir, un ange ouvrant tout-à-coup ses ailes blanches, descend plus vite qu'une étoile qui file, le prend dans ses bras, l'emporte à travers les nuages et le pose d'abord dans les bras de sa mère qui ne peut attendre, et ensuite dans ceux de Dieu qui a attendu!

— Oh! que je serais heureuse de voyager sur les ailes d'un ange et de traverser toutes ces étoiles qui étincellent! il me semble qu'en passant j'en prendrais une petite, et qu'en arrivant dans le paradis je l'attacherais sur le front de ma mère en lui disant : Marguerite, voilà la fleur brillante des nuits que ta fille a cueillie pour toi en passant dans le ciel! Et puis je l'embrasserais autant de fois que j'ai embrassé dans ma vie, André, madame Aubry et..... autrefois Georges.

— Marguerite, dit Georges avec un inexprimable regard de tendresse, quel que soit le nombre des baisers de sa fille, une mère en veut toujours un de plus; embrassez-moi donc une fois encore, ce sera autant de plus que vous donnerez à votre mère!

Marguerite s'élança aussi rouge que la verveine des Pyrénées, et saisissant, par derrière, la tête de Georges comme pour assujétir son prisonnier, elle le baisa deux fois sur le front, et, se jetant ensuite dans les bras d'André, elle fit de même, et s'écria en levant les yeux au ciel : — Quatre baisers de plus pour ma mère!

— Et quatre baisers pour toi! — dit le vieil André dans un mouvement de tendre gaieté, il faut rendre à Marguerite ce qui est à Marguerite! Eh bien! Georges? vas-tu trembler devant l'ennemi?

La pauvre fille essaya de lutter, mais que vouliez-vous qu'elle fît contre deux?

— Fi! chevaliers félons! Deux contre un!

— Un vieillard ne compte pas! dit André; mais notre histoire, enfants! Vous demandez l'histoire du monde, et vous courez après une feuille emportée par le vent!

— L'histoire tout de suite! Georges nous interrompt toujours...

— Je ne dis pas un mot, Marguerite.

— Vous faites pis que cela!

— C'est une douce interruption qu'un baiser, dit André.

— Je lui pardonne, mais qu'il ne recommence jamais plus!

— Jamais? C'est un peu dur.

— Taisez-vous, monsieur! Je suis l'aînée : voici une branche de saule avec laquelle je vais faire l'office d'huissier à verge. Prenons garde à nos épaules! André, s'il n'est pas tranquille, nous l'attacherons à un arbre comme un cheval rétif; voici une petite botte de foin que nous lui jetterons, et pendant qu'il la mangera, tu me diras ton histoire.

Et Marguerite façonnait une charmante botte d'herbes sèches dont elle retirait malignement les marguerites, en disant :

— Un cheval rétif, cela ne mange pas de

fleurs ! Et lorsque, pendant l'histoire, le pauvre Georges regardait tendrement sa jolie sœur d'adoption, celle-ci souriait avec finesse, et lui tendait de loin la menaçante petite botte.

— Oui, — dit brusquement le vieillard, comme s'il eût continué tout haut une méditation intérieure, — d'anciennes douleurs se réveillent encore dans mon âme; né dans un monde aveugle et ingrat, j'ai été condamné de bonne heure à l'indifférence, sinon à l'oubli de ceux à qui je devais le jour, car jamais une mère ne peut oublier l'enfant qui a vécu en elle. Je n'avais pas encore ton âge, Georges, et déjà j'avais l'imprudence de quitter la maison paternelle, emportant avec moi quelques légères épargnes économisées sur le nécessaire, et, pour unique défenseur et compagnon de voyage, ce bâton, qui ne m'a jamais quitté depuis.

Je marchais sans règle, tantôt la nuit, tantôt le jour, et quand j'étais las, je choisissais un arbre sur le haut d'une montagne; je m'asseyais dans son ombre, et de là, regardant dans l'espace, je rêvais à la maison paternelle, que je venais de quitter pour toujours; je rêvais à ma petite chambre, à la lucarne qui versait sa lumière sur mes papiers et dans mon âme; à mes livres bien-aimés; à mon père, plus aveugle que méchant; à mon frère, si insoucieux de la précieuse tendresse qu'on lui prodiguait; et à cette pauvre mère, qui m'aurait aimé sans doute, si les mille riens de la vie du monde, si vide et si remplie, lui en eussent donné le temps!

Je répandais aussi de bien douces larmes en pensant à un vieux serviteur qui avait vu naître mon père, et qui plus d'une fois s'était penché sur mon berceau. Celui-là ne blâmait jamais devant moi ni mon père ni ma mère, mais il était sévère pour mon frère, et avait toujours un mot d'encouragement à me dire à propos. Un vieux chien et lui furent les seuls êtres de la maison qui devinèrent et comprirent mon départ. Avant le lever du soleil, et au moment où j'allais mettre le pied hors du seuil, André se présenta tout-à-coup devant moi en me disant : — Vous partez, je le sais; vous n'avez pas de route tracée devant vous, je le devine. Prenez cette lettre; frappez à la porte de mon vénérable frère, et elle s'ouvrira avant que vous vous demandiez si l'on vous a entendu. Adieu, pauvre enfant; Dieu vous conduit et vous suivrez ses sentiers. J'ai vu naître votre père, et ma place est marquée ici; mais pensez quelquefois au fidèle serviteur qui ne peut pas vous suivre, et si vous êtes un jour malheureux, priez pour celui qui vous a laissé partir!

Je me jetai dans les bras de celui qui représentait ma famille; je ne pus lui répondre, et nous voulions sans doute mutuellement nous cacher nos larmes, car nous nous quittâmes brusquement. Je me précipitai dans la cour, et je l'entendis trébucher plusieurs fois en remontant l'escalier: je compris seulement alors toute sa douleur.

A peine fus-je dans la rue qu'un bruit de fer traînant sur le pavé me causa une grande épouvante. Je me retournai : le vieux chien de mon père me suivait tristement; il avait cassé sa chaîne!

Je pleurai à sanglots et je dis d'une voix étouffée : — Celui-là aussi représente ma famille!

Je le pris par le cou, et je l'embrassai comme jamais on n'a embrassé un ami. Je le reconduisis sur le seuil de la porte; il le quitta pour me suivre; j'eus le courage de le chasser; il revint encore; je frappai le pavé du pied en criant durement; il baissa la tête et resta: voilà l'un des plus douloureux sacrifices que j'aie faits dans toute ma vie; le menacer en le quittant, ce fut aussi mon plus grand acte de courage, et bien souvent j'ai pleuré en pensant aux adieux cruels que je fis à cet ami fidèle et muet: c'était le chien favori de mon père!

On a dit que les animaux sont des machines; eh bien! moi je me demande quelquefois encore si le chien du vieillard a pardonné au pauvre enfant fugitif!.....

Ce fut dans le cours de mon voyage que je devinai seulement quelle main inconnue plaçait sur ma table de travail les livres que j'avais sans doute désirés à haute voix dans ma chambre, et je crus aussi me rappeler que le jour de mon départ, lorsque je soulevai la petite bourse de cuir dans laquelle j'avais rassemblé mes épargnes sans les compter, j'avais cru trouver cette bourse plus lourde que la veille.

Hélas! que n'ai-je pu te retrouver dans mes longues recherches, généreux André! je t'aurais dit que tu n'as pas semé dans une terre ingrate, et que, lorsque le malheur est venu, j'ai prié pour celui qui m'avait laissé partir, car j'ai demandé à Dieu de lui faire croire que j'étais heureux! Mais, ô pauvre ami, jamais je n'ai pu découvrir ta trace. La maison qui a laissé fuir le jeune enfant n'a pas su conserver le vieux serviteur. André, es-tu mort dans le tumulte de nos cités ou dans le silence de l'exil? et ne sera-ce donc qu'au ciel que je pourrai te dire enfin ce que valent le denier du pauvre dans la bourse de l'orphelin et l'adieu d'un ami à l'enfant qui s'en va pendant le sommeil de son père!

— Et le chien, qu'est-il devenu, pauvre André?

— Marguerite, veux-tu que je t'afflige?

— Oh! dis-moi la vérité, car ton silence va me rendre encore plus inquiète!

— Puisque tu m'y forces, apprends donc qu'à la mort de mon père les nouveaux valets dirent que la bête était trop vieille pour garder la cour, et que, comme elle ne gagnait plus son pain, il fallait..... Eh quoi! tu ne comprends pas encore?..... Marguerite, ils prirent un fusil.....

— Au nom du ciel, n'achève pas! n'achève pas!

— Je te disais bien, Marguerite, que j'allais t'affliger. Que cet exemple te serve : n'interroge jamais André quand il garde le silence. Tu souffres maintenant ce qu'il a souffert!

Il y eut une longue interruption, et ils pleuraient tous les trois; tous les trois pour un chien!

André reprit enfin :

J'arrivai à P*** où je devais trouver le frère d'André. Il était temps! Depuis la veille, ma bourse était vide, mes pieds étaient meurtris, et la nuit précédente j'avais demandé l'hospitalité à la maisonnette d'un berger. Vous le voyez, enfants, j'étais bien pauvre lorsque je heurtai à la porte de Joseph, prêtre de la cathédrale; et de plus, faut-il vous le dire?..... j'avais faim!

Il semblait que j'étais attendu dans cette sainte maison cachée dans l'ombre de la vieille église, car à l'instant où je frappai, la porte délabrée s'ouvrit comme d'elle-même. Je le vois encore, ce vieillard vénérable, tenant à la main une lampe dont la lumière éblouissait ses faibles yeux; et pourtant il vit de suite ma pâleur, et, déposant sa lampe sur le sol, il me prit par le bras; lui qui ne pouvait se soutenir qu'en s'appuyant de l'autre main contre la muraille, me conduisit dans sa chambre, me fit asseoir dans son propre fauteuil auprès d'un bon feu, me retira mon bâton de voyage, et, sans me laisser le temps de parler, il me dit :

— Soyez le bien-venu, mon fils, car vous avez frappé à la porte du vieux serviteur de Dieu au moment où il lisait ces paroles de Jésus : « Frappez et on vous ouvrira. » Ma foi est si grande qu'en lisant ce sublime passage, quelque chose me dit que, cette nuit, ma maison serait choisie pour recevoir un hôte de Dieu; vous n'aviez pas encore frappé, et déjà je m'étais levé pour vous ouvrir! soyez béni, mon pauvre enfant, puisque vous êtes le voyageur que Dieu m'envoie!

La douceur de cette voix vénérable m'émut tellement, que mes larmes étouffaient mes paroles; je ne pus que tirer de ma poche la lettre d'André sans même pouvoir lui dire qu'elle était de son frère.

—Qu'est-ce là?—dit encore le vieux prêtre; une lettre de recommandation? Je la lirai demain; n'insistez pas, mon enfant; pour toutes les couronnes de la terre, je ne la lirais pas aujourd'hui. Vous seriez un ingrat si vous m'ôtiez le bonheur d'exercer envers un simple étranger le doux devoir de l'hospitalité; si j'allais apprendre que le monde m'oblige à faire ce que je dois faire pour vous seul et pour moi? Hélas! que sont devenus ces temps primitifs où les pauvres voyageurs étaient certains de trouver à la nuit tombante du pain, du feu, un toit et des âmes fraternelles? Depuis cette époque fortunée, on a découvert deux mondes, et voici qu'il n'y a plus de place ni de pain pour tous les hommes!

Oh! laissez-moi penser jusqu'à demain que comme j'ai été vous ouvrir la porte sans savoir que vous alliez frapper, de même vous êtes venu sans savoir que j'allais vous ouvrir!

Pendant ce temps-là, le vieillard me servait à manger, lui-même, car il vivait seul dans sa maison en ruines, et, me présentant son unique verre, il me dit : Goûtez ce vin; c'est un vieux médecin qui vous guérira bien vite; c'est aussi un étranger qui m'est arrivé d'un long voyage, car il est venu des bords du Rhin; il a vieilli avec moi, et déjà il a la moitié de mon âge; depuis quarante ans, il est mon hôte souterrain. Oui, mon pauvre enfant, j'ai quatre-vingts ans; Dieu me rappelle, et qui sait s'il ne m'envoie pas aujourd'hui un successeur? Mais nous parlerons de tout cela demain. Vous avez besoin de repos, je vous quitte. Voici le lit de Joseph, c'est le vôtre; pas un mot sur ceci, car c'est avant tout le lit du pèlerin. Vous levez les yeux? La chambre menace ruines, n'est-il pas vrai? Mais ne craignez rien, il y a vingt ans que ces poutres sont suspendues sur ma tête; dormez en paix dans la maison de Joseph, le plus vieux des prêtres de la cathédrale; et si, avant de vous endormir, vous avez l'habitude de faire une petite prière, quand vous aurez parlé pour ceux qui vous sont chers, dites un mot pour le pauvre prêtre; demandez à Dieu qu'il le reçoive demain dans le ciel comme il vous a reçu cette nuit dans sa maison!

Je baisai les mains de cet homme vénérable; je m'endormis, et pendant mon premier somme, il me sembla voir passer et repasser son ombre. Il me sembla encore qu'il se pencha si près de moi que je sentis son souffle effleurer mon visage, et ses lèvres s'appuyer sur mon front; jamais je n'eus un sommeil si doux et si paisible: toute la nuit je rêvai du vieillard, et dans mon rêve je le voyais toujours debout devant mon lit; et quand je m'éveillai, ce n'était plus un rêve;...... il était là!

O mes enfants! il n'y avait qu'un lit dans la maison du vieux prêtre Joseph!

Quel respectable vieillard! quel bon prêtre! — s'écrièrent à la fois Georges et Marguerite : — nous prierons tous les jours pour lui, — dit Marguerite; — et pour son frère! — ajouta Georges.

— Attendez encore, mes enfants! Dès que j'ouvris les yeux, il était auprès de mon lit; je n'eus donc qu'à lui tendre la lettre de son frère. Il pleura long-temps sur cette lettre avant de l'ouvrir; et comme pendant ce temps-là je m'étais habillé sans bruit, et que déjà j'avais pris mon bâton de voyage, pensant plutôt au chagrin de quitter Joseph, qu'à la misère qui m'attendait sur la route, il m'aperçut tout-à-coup, et se mettant devant la porte, il me regarda long-temps sans me parler, mais d'un regard qui semblait m'accuser d'ingratitude; enfin il me dit :

— André, toi qui portes le nom de mon frère, voudrais-tu abandonner le vieux Joseph dans sa pauvre maison, à l'heure de la mort?

Admirez la charité profonde de ce prêtre sublime, il parvint à me persuader que je serais son sauveur, que je devais faire quelque chose pour lui, en reconnaissance de son hospitalité;

et je restai dans sa maison. Il prit mon bâton, et le mettant au pied de notre lit, il me dit ces paroles :

— Prends garde, mon fils ! Quand tu prendras ce bâton pour partir, ce sera pour moi le signal d'un autre voyage !

Joseph était un de ces savants profonds qui demeurent seuls et qui semblent ne vivre que de solitude et de silence. Tous les matins il se traînait dans la cathédrale jusqu'à sa chapelle, que l'indifférence du chapitre pour le vieillard laissait presque sans ornement, ce qui ne l'empêchait pas d'être bien connu de la foule des fidèles sous le nom de la chapelle du vieux prêtre. Le jour, il se promenait au soleil dans un petit jardin, regardant avec attendrissement les fleurs et les insectes ; le soir, il m'expliquait les saintes Écritures que les princes de l'Église croient comprendre, ensuite il ouvrait les anciens philosophes et l'ombre de sa figure tremblant sur les pages, semblait y réveiller celle des maîtres vénérables qui les avaient écrites. C'est ainsi qu'il fit couler peu à peu dans mon âme une douce croyance qui m'a sauvé la vie plus tard ; car si vous êtes aujourd'hui mes enfants chéris, Georges et Marguerite, vous le devez aux sublimes leçons du vieux prêtre Joseph !

Cependant mon hôte vénérable s'affaiblissait de jour en jour. Combien de nuits n'ai-je pas, dans ma terreur, touché de la main le pauvre Joseph pour trouver en lui un peu de chaleur, et me convaincre qu'il vivait encore ! Mais il semblait attendre pour mourir que mes études fussent suffisantes, car, une nuit, il me dit ces paroles dont je me souviens encore depuis quarante ans :

— André, tu en sais autant que moi, et nous savons peu de chose ; mais cela nous suffira pour aimer Dieu et mourir. Je pars le premier ; ne t'épouvante pas ; c'est un voyage qu'on fait les uns après les autres ; la foule ne peut encombrer la route, et tu viendras à ton tour. Cette pauvre maison où ma mère est morte, et où j'ai vécu seul soixante années, ces livres choisis où je n'ai appris ni le doute ni la haine, cette bourse un peu plus grande que la tienne où sont à la fois le produit de quelques écrits et les épargnes du pauvre, je te les donne ; n'es-tu pas en même temps mon premier pauvre et mon unique enfant ? Si la loi gratte à la porte avec ses griffes, présente-lui un papier que j'ai mis dans le livre de Job, et elle s'en retournera triste et désappointée. Si le chapitre de la cathédrale réclame la succession du prêtre, donne-lui ma vieille soutane qu'il a refusé de renouveler un jour, et dis-lui qu'il se contente après ma mort de ce qu'il m'a vu si long-temps porter pendant ma vie. Dis-lui aussi, à ce vénérable chapitre, que Joseph le remercie de ce qu'il lui a appris un art utile : celui de recoudre les vieux habits! car, André, dans quelque position qu'on se trouve, il ne faut jamais toucher à l'argent du pauvre! Maintenant sois heureux, mon fils, et tâche de donner un démenti à mes rêves, où je te vois subir les gloires et les grandeurs humaines. Le vieux Joseph les a subies, lui, car il fut autrefois... mais je veux me taire; le nom d'un ambitieux ne doit pas souiller la bouche d'un mourant! André, si tu commettais la faute de Joseph, si tu t'élevais trop haut, fais du moins comme Joseph; descends avant ta chute, et jette les honneurs de l'église à ceux qui n'entrent dans l'église que pour les recevoir; jette sans regrets anneaux, mitres et tiares; car ta bouche prêcherait l'Évangile, et en descendant de la chaire, tu foulerais aux pieds ses deux grandes et saintes maximes : l'amour et l'égalité ; sois un simple et bon prêtre, un humble et pauvre pasteur ; car le pauvre seul sait conserver au pauvre l'aumône du riche ; et si, quelque nuit, tu reçois à ton tour un voyageur égaré, tâche de pouvoir lui dire ce que je vais te répéter à cette heure : André, mets-toi à genoux, et prie Dieu qu'il me reçoive dans le ciel, comme je t'ai reçu dans ma pauvre maison !

Je me mis à genoux, à demi nu ; j'étouffai mes sanglots dans les couvertures du lit ; sa main s'appuya sur ma tête, et lorsqu'elle cessa de la presser, je compris qu'il était mort ! »

— Oh ! quel malheur ! s'écria Marguerite ; un homme comme Joseph devrait-il jamais mourir ? Au moins a-t-il été emporté par l'ange ? As-tu vu les ailes, André ?

— Je les ai vues, Marguerite ; car si l'on doit croire ce que l'on voit, ne peut-on voir ce que l'on croit ?

— A compter de ce soir, dit encore Marguerite, je ne me coucherai jamais sans dire une prière pour le vieux Joseph.

— Marguerite, remercie-le d'avoir sauvé André, par son hospitalité et surtout par son dernier conseil, mais ne prie point pour celui qui n'a pas besoin de prières!

—Etpourquoi, mon père? demanda Georges.

— Parce que, après avoir prié soixante ans pour ses frères, on doit avoir obtenu pour soi ce qu'on a demandé pour les autres.

— André, je ne prierai plus pour toi! —dit Georges.

— Oh! il me reste encore quelque chose à obtenir.

— Que faut-il demander, mon père? dirent les deux enfants à la fois.

— L'oubli!

X

SUITE

DE L'HISTOIRE DANS LA PRAIRIE.

Le Prêtre André.

Marguerite essaya de détourner les idées du vieillard :

— Un acte d'ingratitude et un miracle, dit-elle en riant, voilà, père André, ce que nous apporte ta réponse! Vouloir oublier ceux qui t'aiment! En voilà de l'ingratitude! Abdiquer volontairement ta royauté des Frênelles, jeter ta couronne au vent et tes annales à l'oubli! En voilà un de miracle politique!

— Et les rois qui se sont faits moines? dit Georges.

— S'ils avaient oublié quelque chose, ce n'était pas leur couronne! répondit André. Pour moi, je me garderais bien d'abdiquer. Je tiens à mes titres conservés dans des archives vivantes, et je ne jetterai ma couronne au vent dès l'arrivée de l'hiver que pour en reprendre une plus verdoyante au retour du printemps. Je ne voudrais oublier ni le nom ni la figure de mes sujets, mais, au contraire, le souvenir de toute mon existence jusqu'au jour où je suis entré dans le sein de cette tranquille montagne, emportant avec moi tout mon petit royaume.

— Eh bien! oublie toutes ces mauvaises choses, dit Georges, et s'il te revient encore quelque douloureux souvenir, ouvre de grands yeux, et dis en nous regardant : — Je dormais, c'était un mauvais rêve!

— Georges a raison, dit la rusée Marguerite; et pour te convaincre que tu es bien éveillé, j'ai trouvé un moyen infaillible.

— Lequel? mon bel ange! demanda le bon père.

Alors Marguerite montrant Georges d'une façon tragique, répondit :

— C'est d'embrasser ton bel ange, et de pincer vigoureusement ce vilain démon!

— J'ai bien envie de m'assurer que je suis éveillé, dit le vieillard, qui oubliait ses chagrins aussi vite qu'un enfant.

— Essaie! fit Marguerite en tendant la joue, et en dénonçant Georges d'un coup d'œil.

— Alors je me sauve, s'écria celui-ci en faisant un bond en arrière; si l'on ne peut embrasser les anges sans pincer les démons, je retiens une place dans le paradis! En attendant, me voici à distance respectueuse pour parlementer avec l'ennemi. Singulier expédient, en vérité, de pincer les autres pour s'assurer qu'on est éveillé! Il serait bien plus sûr et plus expéditif de se pincer soi-même!

— Mon moyen vaut mille fois mieux, dit Marguerite; le cri de la personne que l'on pince doit être si aigu, que si l'on est éveillé on ne peut manquer de l'entendre, et que si l'on est endormi on ne peut manquer de s'éveiller!

— Je redemande la parole, dit Georges en retroussant ses manches, et je m'engage à prouver méthodiquement que se pincer soi-même offre le quintuple avantage : 1° de.....

— Avocat! interrompit le père André, tu viens de gagner ton procès! Le tribunal aime mieux te donner gain de cause que d'entendre ta plaidoirie! La susdite nous menace, en effet, de remonter à l'histoire des gardes du tombeau de Notre-Seigneur, lesquels, faute de se pincer les uns les autres, sont restés endormis! J'invente donc à l'instant un procédé qui concilie toutes les opinions.....

— Voyons le procédé! crièrent à la fois les deux enfants, qui, avec une grâce pleine de malice, se tenaient déjà sur leurs gardes.

— C'est de ne pincer personne, et d'embrasser tout le monde!

— Quelle fureur d'embrasser ils ont tous les deux aujourd'hui! dit Marguerite en s'envolant, légère comme l'alouette des prés : cette fois j'ai de l'avance sur l'ennemi, et je suis décidée à tout : s'il fait un pas de plus, je me sauve!

— Concluons un armistice, dit le père André, et que les hostilités soient suspendues jusqu'à demain, ne fût-ce que pour sauver la vie à notre histoire! Georges, tu devrais faire aussi une petite botte pour Marguerite! Vous êtes deux jolis chevaux de course qui, sans rien dire, emportez votre monde bien loin. On part pour Mauléon, on arrive à la Nouvelle-Zemble! Ceci me rappelle qu'un jour je sortis d'un cours d'économie politique au moment où le professeur racontait l'histoire des finances sous Louis XIV; et lorsque je rentrai une minute après, je trouvai le savant homme se livrant à une profonde dissertation touchant la puissance des rayons du soleil, procédant comme action dissolvante sur la neige des montagnes.

— Le savant était dans la question, dit Georges. Il comparait sans doute Louis XIV à un soleil et les finances de l'État à la neige des montagnes!

— Tu as raison, mon enfant, car elle se fond au moindre rayon de ces grands astres, pour aller grossir bien des ruisseaux cachés dans l'ombre, et souvent l'on peut dire en parlant des épargnes du pauvre : Qu'est devenue la neige de la nuit dernière?

— Messieurs, dit Marguerite avec un malicieux sourire, j'admire votre procédé pour sortir des discussions et revenir à l'histoire : vous causez politique! de la politique, imprudents! vous ne craignez donc point que le soleil ne vous surprenne au moment où vous discuterez les droits du président de la diète helvétique à la couronne de la Chine? André, tu viens de gagner ta petite botte, et nous pouvons manger tous les trois au même râtelier !

— Marguerite est la plus sage de l'assemblée, dit André; voyez-vous les premières étoiles briller dans le ciel? Hâtons-nous de finir notre histoire ; il ne faut pas faire attendre la bonne mère Aubry, notre surintendante infatigable, qui se couche la dernière, sans doute pour avoir moins à attendre l'heure où elle se lève la première.

Il se fit un grand silence, le père André se recueillit et continua son histoire en ces termes :

« A la mort du vieux Joseph, je me promis de ne jamais quitter la pauvre maison qui m'avait, comme d'elle-même, ouvert sa porte au milieu de la nuit; mais j'étais jeune encore, je sentis en moi le besoin de respirer un air plus libre, et d'aimer encore une fois comme j'avais aimé Joseph. Hélas! je ne connaissais pas encore l'amour! Un jour donc, aux premiers rayons du soleil, je pris mon bâton de voyage à la place même où Joseph l'avait posé, et fermant la porte du seul asile qui me restât sur la terre, j'en emportai précieusement la clef, me promettant bien de revenir. Je marchai en tournant le dos à la capitale, car je savais que mon père et ma mère étaient morts, et que mon frère n'avait pas le loisir de désirer mon retour. Après plusieurs jours de marche, j'aperçus enfin, du haut d'une montagne, l'Océan qui, par un beau soleil d'été, m'apparaissait comme un lac immense à la surface écumeuse, et où se plonge un horizon sans bornes. Mon cœur s'émut, je hâtai le pas; et lorsque de loin j'entendis l'imposant murmure des flots qui ont battu successivement tous les rivages de la terre, une noble tristesse s'empara de mon âme, et je pleurai en marchant; les forêts mystérieuses, les lacs brillant dans les vallées, la pointe aiguë des clochers perçant les dômes de verdure, le chant des moissonneurs, la cornemuse des pâtres, j'oubliai tout pour l'Océan :

O mer immense, m'écriai-je, toi qui sembles gronder, depuis le commencement des siècles, contre les téméraires qui se creusent mille routes dans ton sein, depuis l'insulaire lancé sur un tronc d'arbre, jusqu'à Colomb menant tout un peuple à tout un monde : Océan ! c'est toi que j'aime! car tu recèles dans tes profondeurs inconnues les terribles secrets de la puissance de Dieu; car tu vis de lumière, de vents et de tempêtes, et pour rester pur, tu rejettes bien loin sur tes grèves les vertes écumes qui se détachent des rochers et les cadavres immondes que la seule soif des richesses aventure au loin sur tes flots.

Océan, c'est toi que j'aime! car tu es l'éternelle menace de la nature contre l'humanité; il semble que tu couves encore quelques restes de ta colère du déluge, et qu'indigné des nouveaux crimes de la nouvelle race humaine, tu attends avec impatience un signe de Dieu pour engloutir une seconde fois cette terre dont tu mords les rivages et dont tu ronges les rochers!

C'est toi que j'aime, Océan indomptable! car l'homme fort pâlit à ta colère, le tyran s'agenouille avec l'esclave quand tu dresses tes montagnes; le marin le plus intrépide retenu par les blessures ou par l'âge se traîne pour te revoir une fois encore, et se tenant debout sur le sable luisant que tes vagues viennent mouiller en expirant, il découvre sa tête blanchie et te salue avec un amour où se mêlent le respect et la terreur!

Oui, mes amis, je parlais ainsi tout seul en entrant dans Saint-Jean-de-Luz, et l'on me prenait sans doute pour un fou, car les cris des enfants me firent tourner la tête, et je vis. . . . . Si j'étais là, je pourrais vous montrer la place où posaient ses pieds, car je revins pendant la nuit pour toucher cette place de mes lèvres enflammées : je vis une jeune fille que je prenais pour une apparition céleste, lorsqu'une voix soudaine se chargea de détruire cette première illusion : «Vois donc comme l'étranger regarde la belle Marguerite de Saint-Jean! »

C'est ainsi que je vis pour la première fois la fille du pêcheur, la Marguerite que j'ai tant aimée, et que j'aime encore comme le premier jour, car il appartient à ceux-là seulement qui vivent avec l'âme d'être jeunes encore et d'aimer sous des cheveux blancs . . . . . Eh bien oui, je pleure! pourquoi cacherais-je mes larmes? Oui, le pauvre vieux est faible et tendre encore comme un enfant; ses souvenirs sont d'hier et sa douleur est toujours là!.... Tout-à-l'heure, ô mes bien-aimés, vous ne me demanderez pas pourquoi j'ai pleuré !. . . . —

Je vis l'Océan et j'oubliai la terre; je vis Marguerite et j'oubliai l'Océan! Elle était belle, et je ne vous ferai pas son portrait. On ne peint pas celle qu'on aime, on l'aime!

A sa vue, je restai immobile. Pauvre orphelin, je n'avais jamais aimé que Joseph, André, un chien, et l'ombre de ma mère! Je poussai un cri; mon bâton tomba de mes mains, et Marguerite rougit. Je ne dis pas une parole, mais je restai sur mon pavé; elle n'eut pas peur, mais elle s'enfuit; et moi je n'en savais rien, car un quart d'heure après je la voyais encore!

— Tu l'as revue, n'est-ce pas? s'écria Georges en levant les bras avec angoisse.

— Je l'ai revue!

— Je respire! Je ne saurais t'expliquer ce qui se passe dans mon âme, mais il me semble que je ressens en moi quelque chose de ce que Marguerite a dû ressentir en te voyant. O ciel! on dirait que j'y étais!

— C'est qu'une autre y était pour toi; et une autre qui te ressemble de bien des manières; pas un mot de plus! attends la fin de l'histoire.

— Et moi, dit Marguerite, je suis sûre qu'elle était belle comme la Vierge de la chapelle, et, vois comme je suis curieuse, tu pleures si souvent quand tu la regardes, que j'ai rêvé, l'autre nuit, qu'elle ressemblait à celle que tu avais aimée, et dont tu nous as si souvent parlé; dès que je fus levée, je courus à la chapelle pour la contempler; mais quelle a été ma surprise lorsque j'ai vu qu'elle ressemblait à Georges, et, faut-il tout dire? la ressemblance était si frappante que j'en ai été troublée...

— Pourquoi, Marguerite?

— Parce qu'il me semblait qu'elle me regardait comme... comme Georges me regarde quelquefois...

— Mes enfants, Dieu parle par votre bouche, et m'indique ce que je puis vous dire de ce grand secret. Oui, Georges est le portrait vivant de la Marguerite qui m'a aimé. La sainte Vierge de la chapelle qui a été peinte à Saint-Jean-de-Luz, ressemble à Marguerite de Saint-Jean et à Georges; mais il me reste encore quelque chose à dire; écoute bien cela, Georges : Marguerite de Saint-Jean est ta mère!

— Ma mère!! s'écria Georges en se levant tout droit.

Le premier moment de surprise passé, le noble enfant se jeta dans les bras du vieillard dont il baisait les cheveux blancs : — Voilà donc pourquoi je sentais en moi que Marguerite t'avait aimée ; c'était ma mère ! Oh ! je te remercie, ma mère, de l'avoir aimé, ce bon André ! et maintenant sois heureuse dans le ciel ; car comme tu l'aimais avant moi, je l'aime après toi, et c'est Georges qui continue Marguerite !... Mais, quelle affreuse idée ! André, comment se fait-il que tu n'es pas mon père ?

Ici le vieillard cacha sa tête dans ses mains et fondit en larmes ; les deux enfants, saisis à la fois de terreur et de respect, n'osèrent plus dire une parole.

Le silence fut long ; enfin, le pauvre André, les yeux tristement fixés sur la terre, continua son histoire.

Marguerite de Saint-Jean était une jeune fille douce et frêle, née avec des besoins de tendresse et de protection ; elle n'avait en elle aucune énergie capable de se révéler par des actes extérieurs : elle savait désirer sans vouloir, souffrir sans se plaindre, et, semblable à la mystérieuse sensitive, le moindre toucher lui faisait courber la tête et la brisait tout d'un coup. Eh bien ! à cette enfant si tendre, les volontés impénétrables du Créateur avaient donné un père avare et brutal, et depuis long-temps sa mère était morte de douleur.

J'étais naïf, mélancolique, aimant; je fus aimé. L'idée d'enlever la pauvre Marguerite à l'aveugle puissance paternelle me fit redoubler d'efforts auprès du pêcheur. Je lui parlai de Dieu? il me rit au nez; je lui offris de l'or, il me serra la main, comme si l'or y eût été déjà!

Je partis donc à la hâte pour aller chercher à P*** la bourse de cuir que j'y avais enterrée. Oh! c'était un véritable trésor, celui-là! Respectant les volontés de Joseph, je conservai la vieille maison, et j'y logeai une pauvre famille à qui je laissai le soin de payer le loyer au propriétaire lorsqu'elle le rencontrerait dans le ciel.

Quand tous mes arrangements furent finis, et que je me fus réservé une place dans la maison et dans le cœur de ses nouveaux habitants, je partis de nouveau pour Saint-Jean-de-Luz, et j'eus encore pour compagnon de voyage mon bâton fidèle; car au moment où j'allais monter en voiture pour arriver plus vite auprès de Marguerite, je comptai mon trésor sur une borne, et je m'aperçus que je ne pouvais plus toucher impunément à la somme promise au pêcheur. Je me souvins alors de mon premier voyage, et celui qui eût vu briller l'or que je cachai sous mes vêtements, m'eût pris ensuite pour un criminel ou un espion en me voyant boire aux ruisseaux et demander l'hospitalité aux étables et aux chaumières; ah! qui donc aurait deviné que je pressais sur mon cœur la somme qui allait acheter Marguerite de Saint-Jean?

Non! jamais Espagnol ne couva avec autant d'amour et ne cacha si soigneusement un lingot d'or arraché aux entrailles du Pérou; et si pour ravir son trésor il eût massacré Montezuma lui-même, moi, faible enfant, pour défendre le mien, j'aurais crié, j'aurais frappé, j'aurais mordu!

Je marchais donc au milieu de la nuit, le cœur nageant dans la douce espérance; les rayons de la lune éclairaient mes pas silencieux, et les plus pures pensées de l'amour le plus tendre se détachaient de mon âme, et s'élançaient par-dessus les montagnes par une route plus courte que la mienne pour aller planer dans l'air que respirait Marguerite. Oh! qui l'a connue mieux que moi, l'ivresse de l'amour mêlée à la suavité de l'espérance, chez un jeune fiancé qui arrive à pied pendant la nuit, et qui sent bien que chaque pas l'emporte là où *elle* l'attend ? Où les autres voyageurs s'asseyent, il marche; où ils s'arrêtent, il gravit; où ils se taisent, il chante; où ils parlent, il soupire; où ils marchent, il court!

On vit bien des années à la fois dans ces jours de délire! Je sentais remuer en moi plus d'une existence; il y avait des André de tous côtés : sur la route, à Saint-Jean-de-Luz et dans le ciel! J'étais partout, et je n'étais nulle part, et pendant des heures entières j'oubliais que je marchais, et je me sentais aller! J'étais fou, j'étais heureux! Je souriais à la lune, cette douce compagne qui avançait avec moi en éclairant sa route et la mienne, et, dans mon ivresse, je la remerciais tout haut de me conduire ainsi, et je lui disais : Venez avec moi jusqu'à Saint-Jean-de-Luz, vous verrez comme *elle* est belle et comme elle m'aime! vous verrez! et je lui montrais du doigt les flots argentés de l'Océan, qui brillaient à travers une clairière de la forêt de Montperdu, et je lui disais encore : Un peu de patience! avant une heure nous arriverons! Et le long du chemin je sentais le poids de mon trésor, et cependant j'y mettais la main à chaque minute pour le toucher et être bien sûr qu'il était là; et tout-à-coup je me mettais à courir pour arriver plus vite, et mon regard perçait les montagnes, et mon imagination ailée s'indignait de la lenteur de mes pieds, et je me demandais parfois comment il pouvait se faire que ma pensée d'amour était déjà arrivée à Saint-Jean-de-Luz, et que pourtant je la sentais encore en moi, puisqu'elle oppressait ma poitrine, qu'elle s'exhalait en soupirs le long de la route, et qu'en croisant mes mains sur mon cœur, je sentais bien que je la pressais tout entière, et que je la tenais emprisonnée!

Oh! l'amour! il vous effleure et vous enivre d'abord, ensuite il vous tue! Hélas! ce sentiment divin est au-dessus des forces humaines, et le cœur d'un mortel n'est qu'un misérable vase d'argile que la chaleur de cette flamme fait fondre ou éclater. L'amour est-il donc semblable à la foudre inoffensive dans les nuages, qui ne peut descendre sur la terre sans tout réduire en ruines? faut-il qu'il reste dans le ciel et qu'il n'ait d'autre prison que l'âme d'un ange ou le cœur d'un Dieu?

Bientôt je m'aperçus que ma compagne de voyage pâlissait et s'effaçait comme si elle eût voulu m'abandonner sur la route au moment même d'arriver. Le soleil se montra à l'horizon; mais dès que ses rayons éclairèrent mes pas et me firent voir les arbres et les rochers sous leur véritable et rude aspect, mes douces visions nocturnes s'évanouirent; la lune avait éclairé le visage de Marguerite, le soleil éclaira celui du pêcheur! Un sentiment de vague tristesse s'empara de mon âme; en vain l'hirondelle matinale s'élançait devant moi en rasant le bord du chemin, je n'enviais plus son vol rapide, et je croyais entendre en moi une voix mystérieuse qui me disait: Pourquoi marcher si vite, André? repose-toi quelques instants à l'ombre de ces arbres! Je m'arrêtai et je mis la main sur mon trésor; il était toujours là, et j'avais tort de m'effrayer ainsi. Des paysannes passèrent près de moi, et j'entendis ces seuls mots : « C'est pour aujourd'hui! » Comment se fit-il que je tremblai soudain, et que, tournant la tête, je vis s'éloigner ces femmes sans pouvoir dire un mot pour les rappeler? Tout-à-coup le son lointain d'une cloche vibra dans mes oreilles et dans mon cœur. Je ne comprenais rien à tout ce qui m'arrivait, mais mon esprit s'égarait. Une idée affreuse me saisit, et je me mis à courir en criant : Elle est morte ! elle est morte! Je passai le long du cimetière; un homme assis sur le bord du fossé et s'appuyant sur sa bêche entendit mes cris sans doute, car il cria à son tour : « Ne courez donc pas! il n'y a pas de mort à la ville; qui peut le savoir mieux que moi ? je suis le fossoyeur ! » J'entendais bien ce qu'il disait, mais je courais tout de même. J'arrivai haletant et égaré; une foule entrait dans l'église, et la cloche sonnait toujours. Je perçai la foule, et, me levant sur la pointe des pieds pour regarder dans le fond de la nef, je vis........

Marguerite n'était pas morte!

— Mon Dieu!..... qu'as-tu donc vu, mon père? dit Georges en joignant les mains.

— J'ai vu Marguerite!........... Elle était couronnée de fleurs, et la première figure que je distinguai, ce fut celle du prêtre qui donnait la bénédiction nuptiale aux fiancés.........

— Eh quoi! tu as fait cela, ma mère? s'écria Georges en cachant sa tête dans les genoux du vieillard.

— Arrête, Georges! n'accuse pas la mémoire de ta mère!........... Enfin André reprit : Tout était fini. Le cortége s'ébranla pour sortir et défila devant moi. Je me souviens que pour ne pas tomber, je serrai dans mes bras un pilier de l'église. Ma tête se posa contre le marbre; le froid me ranima, et mes yeux purent rester ouverts. *Elle* arrivait à pas lents et mesurés comme s'ils eussent été comptés d'avance. La blancheur de sa couronne et de son voile se confondaient avec la pâleur de sa figure... Et moi, je ne voyais autre chose que cette figure qui venait à moi, tandis qu'au contraire je croyais aller à elle avec l'église qui allait avec moi. Bientôt je vis qu'elle me regardait, et je me mis à lui faire des yeux terribles, et l'on ne saura jamais avec quelle joie je rassemblai toute ma colère, comme je riais sourdement en moi-même de la terreur que j'allais lui causer à son passage, et combien je fus cruel et méchant dans ce moment-là! Mais son regard restait fixé sur le mien, et je ne comprenais pas alors qu'elle regardait sans voir. Enfin elle arriva si près de moi, que déjà sa robe me touchait. Soudain ses yeux se ranimèrent; elle me reconnut, et jeta un cri si perçant, que tous les échos de l'église me le renvoyèrent pendant une minute, et le mêlèrent dans ma faible tête comme un tourbillon bruyant. Pendant ce temps-là elle avait passé; je l'avais laissée passer! Je me retournai brusquement, et je vis un homme emporter Marguerite, qu'un pilier me cachait, mais dont je reconnaissais le voile à l'ombre qui flottait sur le mur. Je voulus crier; ma langue était desséchée; je courus en tendant les bras et en faisant des signes à la foule pour faire arrêter le ravisseur; mais ma vue se troubla, et je me heurtai contre une statue. J'entendis en même temps le roulement d'une voiture et des voix qui répétaient à mon oreille: « C'est un fou! c'est un pauvre fou! Prenez garde, cet homme est fou! » Ensuite je me sentis enlever par les pieds et par la tête; on alla, et un grand vent souffla dans mes cheveux. Ceux qui me portaient trébuchèrent dans un escalier, et, dans mon égarement, je croyais qu'on me descendait aux enfers. On m'étendit dans un lit; une main passa sur mon front; je sentis du froid sur ma tête, et après je ne sentis plus rien du tout.

Il paraît que quelques mois s'écoulèrent. Un soir, une voix me dit à l'oreille: « Essayez de vous lever, vous êtes guéri. Je me mis à genoux sur mon lit, et jetant les yeux dans le fond de la chambre, je poussai un cri épouvantable en voyant un spectre blême me regarder dans les yeux !

Le fond de la chambre, c'était une glace, et le spectre, c'était moi-même !

En ce moment le pauvre André, regardant Georges et Marguerite, les vit si pâles, qu'il fut effrayé de la terreur qu'il leur avait causée, et pour l'effacer bien vite, il fit sur lui un effort surnaturel.

— Oui, Georges, reprit-il rapidement, un autre avait un trésor plus lourd que le mien, et, la balance levée, l'or emporta le bonheur ! On livra Marguerite malgré ses larmes, et un autre que moi fut ton père.

— Je n'ai pas d'autre père que toi ! dit Georges en se levant tout droit, animé d'une subite et naïve colère ; qu'on n'essaie jamais de venir me reprendre !........

Mais bientôt, abandonnant ce mouvement involontaire, il se remit aux pieds d'André, et lui dit avec cette voix à la fois si grave et si douce, qu'elle semblait appartenir à deux âges :

— S'il ne faut pour être ton fils que t'aimer de toute mon âme, André, ne me livre jamais à un père étranger, car je sens là que je suis ton fils !

— Oui, Georges, tu es l'enfant qu'un autre m'avait enlevé, et que la Providence m'a rendu !.....

— Et qu'elle te conservera, André! Mais à présent dis-moi une bonne parole : N'est-ce pas que tu as pardonné à ma pauvre mère?

— Oui, je lui ai pardonné. Hélas! ainsi que la fille de l'Écriture, elle a crié dans le désert et n'a pas été entendue, et le père, qui devait être le gardien, a été le complice! Et puis, ne l'ai-je pas revue à son lit de mort et au milieu des cadavres, la belle Marguerite de Saint-Jean? Ne m'a-t-elle pas dit : « Il y a dix ans que je ne vous ai pas vu, et je vous attendais! Mon fils est sauvé! » Moi j'ai compris que cela voulait dire : « Lorsqu'on m'a ravie, je pensais à toi; tu venais sur la route, et tu pensais à moi : tiens! voici l'enfant d'un rêve; emporte-le bien vite, et ne te réveille jamais!

Mais que fais-tu, Marguerite? tu te détournes pour pleurer?

— Oui, car je vois bien qu'on ne pense plus à moi ici; toutes ces Marguerites-là sont cause que l'on m'oublie! On aime Georges parce qu'il leur ressemble, et moi on ne m'aime plus parce que je ne ressemble à personne!

— As-tu besoin, pour qu'on t'aime, de ressembler à une autre qu'à toi-même, ma jalouse chérie?... Mais vous me faites de la peine, savez-vous, Marguerite? allons, sois raisonnable; dirait-on jamais que c'est l'aînée?.... enfant!

— Elle ne pleure pas! s'écria Georges qui s'était furtivement glissé derrière la belle affligée; je viens de la voir rire dans sa main... Retire un peu ta main! Elle n'ose pas retirer sa main!

— Eh bien, oui, je ris, et n'ai-je pas bien raison? ne fût-ce que pour vous empêcher de pleurer tous les deux pendant vingt-quatre heures, comme les saules pleurent dans le lac après une pluie d'orage. Allons, bon petit père, je t'autorise à finir ton histoire, à condition, monsieur, qu'elle ne sera plus aussi triste!

— Voulez-vous que le père mente pour vous faire rire? dit douloureusement Georges.

Marguerite n'osa plus répondre, mais pour se venger elle jeta sa petite botte de foin à la tête de son frère d'adoption, qui, oubliant assez vite sa tristesse, se cacha pour faire mine de la manger, tout en la couvrant de baisers silencieux, pendant que le père André achevait son histoire.

« Ma douleur fut muette comme toutes les grandes douleurs ; dès ce jour, mon âme usa silencieusement son enveloppe mortelle et le regard du philosophe aurait seul pu voir mon agonie dans mes yeux; car les yeux sont un miroir diaphane derrière lequel l'âme se cache en vain. Je retournai dans la maison du vieux Joseph; j'y trouvai de la reconnaissance et des souvenirs. La nuit, je croyais voir errer autour de mon lit l'ombre du prêtre vénérable qui devait me sauver encore une fois. Je criai : Retourne à celui qui t'envoie, ombre chérie, et dis-lui que tout est fini pour moi sur la terre, mais que je vivrai ; ombre de Joseph, va lui dire qu'André vivra désormais comme une ombre!

Quelques jours après j'étais prêtre.

Mais je fus imprudent et ingrat, et je devais souffrir encore; encore et toujours!

La première fois que je revis Marguerite, ce fut à l'autel, en levant les yeux sur un tableau venu de l'église de Saint-Jean-de-Luz ; la première fois que je l'entendis, ce fut au confessionnal, dans la voix d'une pénitente sacrifiée à l'ambition d'une famille, et qui pleurait à sanglots. Je pleurai aussi dans mon mouchoir, sur la pénitente et sur le confesseur!

Depuis ce jour fatal, je vis Marguerite partout.

Je tâchai de prendre courage, et je sentis qu'il fallait métourdir; je montai dans la chaire et je versai sur les fidèles des flots d'amour et de douleur. Je comprends maintenant pourquoi l'on me trouva grand et terrible; c'est que ma parole touchait bien des douleurs secrètes dans cette foule rayonnante, et que sous ces riches habits de fête il y avait de bien pauvres âmes!

Mon nom prit des ailes, passa par-dessus les villages, et vola dans les grandes villes. Les puissances du jour voulurent m'entendre, et un matin je me réveillai prince de l'église dans le lit même du vieux prêtre Joseph.

O ingratitude de l'orgueil! tu enveloppes l'âme comme la rude écorce enveloppe le chêne! J'oubliai Joseph dans sa propre maison, et ma tête se baissa sous la mitre. Ce fut sous les hautes voûtes de la cathédrale que je me prosternai. Si la cérémonie se fût célébrée dans la sainte et pauvre maison, lorsque je me relevai, ma tête orgueilleuse et surmontée de sa mitre eût heurté les vieilles poutres sous lesquelles nous avions dormi si tranquilles pendant dix ans, et la maison du vieux prêtre eût peut-être écrasé l'évêque!

Bientôt je fus appelé à la chambre des représentants. Là, je vis beaucoup de choses sublimes, et quelques misères aussi. Mais au moins je n'oubliai pas les souffrances de ma jeunesse, et oubliant au contraire les nobles maisons qui laissent partir les jeunes enfants et les vieux serviteurs, je restai fidèle à la cause du malheur. Toujours je regardai avec pitié ceux qui alimentaient orgueilleusement les luttes personnelles à l'heure même où l'on envahissait la patrie, et je compris qu'il y a des moments critiques dans les nations où toute voix qui parle pour ne pas dire : Aux armes! est une voix de traître!

C'est là peut-être, au milieu des triomphes de l'éloquence, que j'ai le plus souffert, car, non loin de la salle immense où se discutèrent plus tard les limites des empires, et où déjà se discutait l'existence des rois, s'élevait le toit qui abritait Marguerite. Pour elle, oh! pour elle seule! je faillis à ma tâche, et j'osai fuir avant de l'avoir accomplie; car cette tâche est grande, et bien des existences s'y sont usées déjà depuis des siècles; la voici cette grande tâche humanitaire que le Dieu de l'Évangile a commencée, et dont il attend la fin du haut du ciel : Le monde libre et heureux!

Mais Marguerite était seule, abandonnée; elle allait être mère, et un ouragan terrible allait passer sur sa tête; je savais cela, et je n'étais qu'un homme. Je courus à Marguerite. J'eus peine à la reconnaître. Elle tenait son enfant dans ses bras, et j'étais le père que Dieu envoyait!

Je t'emportai, Georges, et bientôt, dans un autre quartier de la ville, je vis une autre mère descendre dans la tombe; je t'emportai aussi, Marguerite, et prenant mon vol, je vins vous déposer dans cette montagne, où je vous ai fait un monde. Si quelque autre ne vient vous enlever à ma tendresse, vous me creuserez un tombeau à la place même où je vous parle; c'est ici la patrie des fleurs et des oiseaux; que ce soit le dernier asile du vieillard qui a gémi comme les oiseaux, et qui a pleuré comme les fleurs. Vous viendrez quelques soirs d'été sourire à mon ombre, qui se jouera avec celle des saules que déjà j'y ai plantés, et pendant ce temps-là votre père André, qui sera là-haut, amènera les deux Marguerites sur le bord des cieux, et leur dira : « Avancez la tête! les voyez-vous là-bas? Ils sont ensemble; ils s'aiment; ils sont heureux! »

— Un autre venir nous prendre? dit Georges en faisant des yeux méchants. Ne suis-je pas là pour te défendre? Si je suis un enfant aujourd'hui, ce jour-là je serai un homme!

— Et moi je serai une femme! dit Marguerite en relevant fièrement la tête. Si on voulait te faire du mal, bon père, tu verrais comme je saurais me battre. Je serais méchante; je donnerais de grands coups, et je ferais comme toi pour ton trésor : je mordrais!

— Et qui donc?

— Je n'en sais rien, mais je mordrais tout de même!

— Allons, me voilà tranquille, dit le père André en se levant plein d'une douce gaieté; je vois que le roi des Frênelles a aussi son armée tout organisée, que les arsenaux sont munis de courage et de tendresse, et qu'un si puissant monarque pourra se faire respecter dans ses vastes États. Le roi des Frênelles n'a donc plus rien à craindre........ si ce n'est la mère Aubry, qui l'attend pour souper, car madame Aubry est quelquefois une terrible républicaine, qui ne reconnaît aucune royauté, pas même celle du roi des Frênelles! Ainsi donc, braves soldats, la retraite sonne, rentrons dans nos quartiers d'hiver!

— Et l'histoire de ma mère? dit Marguerite; et mon père, vit-il encore?

— Il faut attendre encore, Marguerite; as-tu oublié que tu ne dois pas questionner André quand il garde le silence? Plus tard, peut-être, tu apprendras le secret qu'il faut que je te cache aujourd'hui.

Il en coûtait au bon vieillard de ne pas satisfaire Marguerite; mais lui, qui avait révélé une partie du secret qui concernait Georges, pouvait-il apprendre à cette pauvre fille que son père était mort, sans dévoiler tout entier à ces enfants le secret de leur naissance qui était aussi celui de leur bonheur?

Mais Marguerite retenant le père André par l'habit, lui dit encore :

— Pour me dédommager, tu devrais au moins m'expliquer quelques étoiles : seulement une ou deux petites! Est-ce trop pour une petite fille qui n'a pas eu son histoire? Et puis n'est-ce pas ton habitude aux Frênelles?

— Tu le veux, Marguerite?

— Oh! je t'en prie! je ne t'en demande qu'une!

— Eh bien, je vous en expliquerai deux, mais ce seront les dernières! dit le vieillard, qui avait sa manière de raconter à ses enfants l'histoire du ciel. Il les réunit donc dans ses bras; et, les serrant l'un contre l'autre, il leur dit : Voyez-vous ces deux étoiles au-dessus de nos têtes? elles sont presque seules à cet endroit du firmament. Elles ont d'abord brillé dans les points les plus opposés du ciel; mais peu à peu, et malgré les lois physiques aussi impitoyables que les lois humaines, elles se sont rapprochées; si bien qu'à cette heure les voilà qui se touchent, à peu près comme vous vous touchez tous les deux..... Si cette étoile ambitieuse et fugitive qui parcourt le ciel dans tous les sens, espérant se confondre avec le soleil même, ne vient à passer entre elles pour les séparer, elles s'uniront bientôt si étroitement qu'elles ne feront plus qu'une seule étoile qui prendra un doux essor, et qui dans un vol lent et paisible ira se perdre dans les hauteurs célestes pour ajouter une lumière de plus aux millions de lumières qui éclairent le trône du Créateur!

— Nous les voyons bien, dit Marguerite pleine d'impatience ; mais tu ne nous as pas encore dit leur nom.

— Le père André rapprochant alors les deux enfants, de manière que leurs têtes se touchaient et que leurs cheveux se mêlaient, leur dit tout bas à l'oreille : Ces deux étoiles s'appellent : Georges et Marguerite !

Les deux étoiles célestes n'étaient pas plus silencieuses que les deux enfants ne le devinrent tout-à-coup à cette révélation inattendue dont ils comprirent secrètement le sens. La nuit descendit à propos sur leurs têtes pour cacher le doux embarras de l'un et la rougeur de l'autre.

Enfin, la mère Aubry, qui attendait sur la porte de la métairie, vit au loin glisser trois ombres qui venaient le long du lac. Ces ombres nocturnes étaient si connues de tout ce qui vivait dans la vallée, que les oiseaux de nuit tapis dans le flanc poudreux des vieux saules, les virent passer sans ouvrir les ailes et sans pousser un cri.

XI

UN NUAGE.

« Cosi vid 'io venir traendo guai
« Ombra portate d'alla detta briga. »

DANTE.

« Ainsi je vis venir traînant des gémissements, les ombres » emportées par cette tempête. »

Pour revenir à la métairie, Georges et Marguerite s'étaient arrangés de telle façon que l'un allait en avant et l'autre en arrière, tandis que le vieillard marchait au milieu d'eux, d'un pas affaibli par l'âge.

L'écrivain appelé à donner à la postérité l'histoire de cette royauté enfouie dans les montagnes, n'oserait se hasarder à dire d'une manière certaine quelle était en ce moment la pensée secrète des deux héritiers présomptifs de la couronne des Frênelles. Il est donc obligé de se laisser aller au fleuve des probabilités et au torrent des suppositions.

La première probabilité atteinte est celle-ci, à savoir : que Georges et Marguerite regardaient en silence certaines petites étoiles qui se touchaient de près, et qui bientôt *devaient n'en plus faire qu'une seule.*

Un observateur judicieux pourrait, il est vrai, opposer cette remarque profonde : que si Georges regardait dans le ciel où sont les étoiles, Marguerite regardait la terre où sont les fleurs, et qu'au premier abord il paraît aussi physiquement impossible à un être vivant de voir des étoiles sur le gazon que des fleurs dans le ciel; qu'on se tire de là!

Cependant l'auteur ne se déconcerte point et commence par avouer que l'objection est capitale et digne des plus graves méditations; en conséquence, il finit par déclarer que l'objection présentée est absurde de tous points, et qu'on ne comprend pas qu'elle puisse arrêter, une minute, un esprit vraiment méditatif.

En effet, l'auteur demande la permission de

citer d'abord à l'appui de sa thèse une foule d'écrivains qui ne se sont jamais occupés de la matière; enfin : l'opinion de certain philosophe qui prétend que si la femme peut entendre sans écouter, elle peut aussi voir sans regarder, et que l'homme en ce point n'offre pas la moindre différence avec la femme!

Ceci posé, l'auteur demande si Marguerite, qui est une femme, ne peut pas facilement prendre la prairie émaillée pour un ciel étoilé, et considérer deux fleurs balançant ensemble leurs tendres tiges, comme deux étoiles prêtes à se confondre et *à n'en plus faire qu'une seule*; et si Georges, qui est un homme, ne peut voir dans le ciel toutes les fleurs imaginables, et notamment les marguerites?

Si cela est possible, l'auteur devra donc conclure que si la constellation *Georges-Marguerite* s'était séparée ici-bas, de manière à ce que le père André marchât au milieu d'elle, c'était pour être plus étroitement unie que jamais, par un lien que nulle force humaine n'a jamais pu rompre : la pensée!

Il est certain que cette argumentation ne laisse à l'observateur judicieux aucune raison plausible de répliquer; aussi l'auteur le voit-il qui déjà se prépare à élaborer une foule d'autres objections plus ou moins relatives au sujet, et auxquelles son adversaire a déjà préparé une réponse même avant de les avoir entendues; mais l'auteur ne consignera pas cette réponse ici, car outre que le lecteur lui en saura gré, c'est encore en matière d'argumentation un moyen assez sûr d'avoir définitivement raison!

Mais où va donc le père André? Le voici qui abandonne brusquement l'allée conduisant à la métairie, pour prendre un sentier qui mène à celle des trois montagnes derrière laquelle gronde l'Océan.

— Où vas-tu, André? s'écria Georges qui, n'entendant plus derrière le pas du vieillard, se retourna avec inquiétude.

— Vous ne voyez donc pas, mes enfants, ce nuage qui noircit les derniers reflets du soleil couchant?

—Je le vois, répondit Marguerite, il a même caché les deux étoiles... et je m'y connais assez, ajouta-t-elle en rougissant et en baissant les yeux, pour deviner qu'il annonce une tempête... Ainsi il faudrait hâter le pas, car la mère Aubry a si grande peur de l'orage, que je l'ai vue une nuit faire courir dans ses mains tous les grains de son chapelet, et rester la bouche ouverte sans dire une seule prière.

—En vérité, dit André, Marguerite est un joli petit astronome, et de plus elle ferait un bon professeur ès-sciences, car sa mémoire est si mauvaise que le plus souvent elle resterait court.

— Qu'ai-je donc oublié?

— La promesse que je t'ai faite, il y a juste deuxmois à pareil jour.

— Si je m'en souviens? Un soir je t'avais demandé une chèvre blanche pareille à celle de l'aveugle qui venait tous les vendredis avec sa grosse besace sur le dos, et le lendemain, en passant près de l'étable, j'entendis une petite voix tendre et mélancolique qui semblait prononcer mon nom; je courus bien vite, et je trouvai quoi? la chèvre même de l'aveugle!

—Ce n'est pas ce jour-là, dit André; je m'en souviens bien, puisque, voulant depuis longtemps faire une petite pension à ce brave homme, je franchis le défilé pour la première fois depuis seize ans, par le plus beau clair de lune de tout l'été, et je ramenai la chèvre moi-même, si bien qne je prenais mon ombre pour celle du vieux chévrier de Montperdu... Il te fallait autre chose, Marguerite, et tout de suite, encore! Mais il y avait d'excellentes raisons pour te faire attendre; voyons si Georges aura meilleure mémoire?

— Certainement! nous t'avions prié de rétablir la maison du vieux Jérôme, emportée par un coup de vent, et nous nous étions même engagés à travailler en personne; je devais transporter des moellons sur une petite brouette, et Marguerite devait présenter la scie et le rabot aux grands ouvriers, et de plus verser à boire à tout le monde. Y suis-je?

—On vous adjoindra à Marguerite, monsieur le professeur! Quand l'un restera court, l'autre prendra la parole, et prenez garde de vous regarder, de peur de rester court tous les deux! Allons, je vais vous remettre sur la voie : vous m'avez demandé, il y a deux mois, une chose que je ne vous ai pas encore accordée.

— Alors, c'est ta mémoire qui est mauvaise et non la nôtre.

—Pourquoi cela, Georges?

—C'est moi qui veux répondre, dit Marguerite en se glissant furtivement entre les deux interlocuteurs : parce que tu ne peux te souvenir d'une chose non accordée, par la raison bien simple que tu ne nous as jamais rien refusé; ce qui prouve que...

— Que vous ne demandez jamais rien que de raisonnable, et plus souvent pour les pauvres que pour vous. Mais voici que le nuage grossit et avance, tandis que, comme de coutume, le sujet de notre conversation s'évanouit ou s'enfuit. Ne m'avez-vous pas demandé de vous faire contempler une tempête sur l'Océan?

— Comprends-tu, Marguerite, pourquoi il ne nous a pas accordé la chose tout de suite?

— A merveille! C'est qu'il n'y a pas eu de tempête depuis ce temps-là, et qu'il ne les fait pas lui-même; sans cela...

— Je me serais bien gardé d'en faire une, car Dieu seul peut en calculer les terribles conséquences. Peut-être tout-à-l'heure en serons-nous les inutiles spectateurs. Voyez-vous ces éclairs?

— Oui, mais moi j'ai peur! dit Marguerite en prenant le bras de Georges.

— Il y en aura bien d'autres! dit celui-ci en serrant tendrement le bras de la belle peureuse.

— Ne tremblez pas, ma fille, ajouta le vieillard en prenant l'autre bras de Marguerite; si la tempête est trop méchante, elle nous enlèvera tous les trois. Allons à la mer, nous verrons si votre âme saura comprendre la voix de l'ouragan dans les airs. Mais à propos, et l'ouragan de la métairie?.... La mère Aubry avec le souper!

— Il y a un moyen d'apaiser la cuisinière, dit Georges: c'est de l'emmener avec nous! Quant au souper, il daignera nous attendre; est-ce qu'on mange pendant la tempête?

— Tu as raison, Georges; cours chercher la surintendante; si elle refuse de venir, dis-lui que le roi l'ordonne! Non, ne lui dis pas cela, elle ne viendrait point; par esprit d'opposition politique! dis-lui qu'elle peut rester, elle viendra tout de suite! Cependant, si cette épreuve ne réussit pas, emploie les grands moyens: dis-lui que je l'en prie.... c'est une autre manière de dire : Je le veux.

— Je te la ramène morte ou vive! cria Georges en courant.

— A peine André était-il arrivé au pied de l'escalier taillé dans le roc et fermé par une barrière infranchissable, qu'il put voir à la lueur des éclairs, Georges accourir en remorquant la pauvre mère Aubry rouge comme une écrevisse arrivant sur la table, et essoufflée comme un moine qui marche après dîner.

— J'ai employé les grands moyens! cria Georges, de la prairie.

— Lesquels? cria-t-on de la montagne.

— Il a bien fallu en venir là, — dit le remorqueur en arrivant; — j'ai fini par lui dire : Le père André t'en prie! ceci l'a fortement ébranlée. J'ai senti qu'il fallait subitement venir en aide à cette première impulsion; j'ai solidement amarré ma main à la sienne, je me suis élancé en tête, et j'ai mis tout le convoi en mouvement!

— Était-ce une raison pour. . . . . je n'ai plus de souffle. . . . . . me faire courir si vite?... d'autant plus que. . . . . . ce diable de Georges!.... les chiens me mordaient par-derrière. . . . . tandis que par-devant. . . . . vous voyez bien que j'étouffe. . . . . . . le vent faisait gonfler mes jupons, et. . . . . . .

— Et tu avais l'air d'une goëlette en pleine terre! — reprit Georges en riant aux éclats.

La mère Aubry n'eut pas la force de répondre; menaçant Georges du doigt, elle se hâta de faire double provision d'air pour gravir la montagne, et faire tête à toutes les attaques.

Dès qu'ils furent arrivés sur les hauteurs qui dominent les grèves, Georges força encore l'aventureuse caravane à descendre, sans lui laisser le temps de respirer; mais dès qu'elle fut arrivée sur la plage, il dit :

— Asseyons-nous tous les quatre ici..... Marguerite et madame Aubry se mettront au milieu avec leurs jupons pour figurer les voiles; le père André, au gouvernail et moi à la proue; de cette manière, et par la tempête qui gronde, nous aurons l'air d'un navire échoué sur le sable !

— Silence ! — dit tout-à-coup le vieil André d'une voix grave. Je crains que nous n'ayons tout-à-l'heure ce spectacle d'après nature. Georges, ne vois-tu rien là-bas dans l'horizon?

— Une voile ! une voile! cria Georges.

— Mon Dieu ! fit Marguerite en se serrant contre son frère, le tonnerre vient de tomber dans la mer !

— Non, c'est le canon de détresse ! enfants ! Vous vouliez voir une tempête sur l'Océan : la voilà ! A genoux maintenant, et priez Dieu !

— Pour nous? — dit la tremblante Marguerite?

— Pour le vaisseau! — répondit le vieillard.

— Je ne peux pas prier..... j'ai trop peur.

— Peur? et de quoi? — dit madame Aubry en se cachant derrière le père André; n'allons-nous pas rentrer tout de suite? Soyez tranquilles, ce ne sera point M. André qui voudra exposer inutilement ses enfants chéris qui... Partons!

— Quand vous partiriez, madame, dit André d'une voix de plus en plus sombre, pensez-vous que si c'est écrit là-haut, la foudre ne saura vous atteindre?

— Si fait, monsieur André, si fait; mais c'est pas une raison pour se mettre au beau milieu de ce vilain nuage noir. Ah! si on disait qu'on n'a pas un chez soi, ce serait différent..... Sainte mère de Dieu! quel éclair! sauvons-nous!

— Que personne ne bouge! — s'écria l'exalté vieillard d'une voix qui couvrit le bruit de l'ouragan. Le feu de détresse est éteint! le vaisseau coule! O ciel! je le vois disparaître aux éclairs! on n'aperçoit plus que les mâts!

— Mon Dieu! dit Georges en joignant les mains, ne sauveras-tu pas ces malheureux naufragés?

— Pourvu qu'il n'y ait pas là-dedans l'oncle de Louise.... Et ma fille ! disait la mère Aubry en se signant avec terreur.

— Où bien encore..... mais non — dit le père André en regardant le ciel... — Dieu doit me le rendre un jour !

— Permettez-moi une seule observation, dit madame Aubry subitement rassurée sur le sort de sa fille... maintenant que ces enfants ont prié à genoux..... Votre robe est pleine de sable, Marguerite..... ne pensez-vous pas qu'ils ont vu assez de tempête comme ça ? Tenez, vos pieds sont mouillés, monsieur André, vous allez encore tousser toute la nuit ; rentrons à la métairie, il y a si bon feu dans la salle !..... S'il allait s'éteindre !.... je cours en avant !

— Un homme à la mer ! — s'écria tout-à-coup André ; — il ne s'agit plus de prières ! avançons sur la grève ! faites-lui des signaux ! agitez vos mouchoirs ! crie, Georges ; ta voix est forte ; et toi aussi, Marguerite ; la tienne est perçante. Criez donc, madame Aubry ! qu'il sache au moins qu'on l'attend, et qu'il ne se brisera pas sur les rochers !

— Un homme ? dit madame Aubry en raccourant sur ses pas et reprenant à l'instant tout son courage.—Va-t-on laisser périr un homme? Prenez garde aux vagues, Georges!

— Il n'est pas mort! criait Georges; il tient la tête droite, et les flots l'amènent...

— Je t'en supplie, André! dit Marguerite en joignant les mains, rappelle Georges! La vague va l'emporter!

— N'aie pas peur, Marguerite, je n'ai de l'eau qu'aux genoux..... Il approche.... agitez les mouchoirs! par ici! par ici! du courage! Laissez-vous aller, la plage est douce! encore! encore! courage!

— Je ne le vois plus! dit André en tenant sa tête dans ses mains... O mon Dieu, vas-tu laisser mourir un homme à nos yeux?

— Ce n'est rien, mon père! criait toujours Georges qui insensiblement avait de l'eau jusqu'à la ceinture; une vague lui a passé sur la tête; tenez, le voyez-vous? Voilà sa tête..... O ciel, ce sont les pieds!... il se noie! il va se briser! Au secours! au secours!

En même temps, Georges s'élança malgré les cris du vieillard et des femmes, et recevant tout à la fois le flot et l'homme, il roula avec eux sur le sable; mais le courageux enfant se releva bien vite, tandis que le naufragé resta sans mouvement sur la plage.

— Est-il mort? dit madame Aubry en déchirant d'un seul coup les vêtements du naufragé et lui posant la main sur le cœur... Je vais vous dire s'il est mort..... Oui..... Mais non! le cœur bat encore!

— Sauvez-le! disait Marguerite d'une voix étouffée. Tiens, Georges! prends mon flacon; fais-le-lui respirer toi-même..... Je n'oserais pas approcher. André, prends aussi mon mouchoir pour essuyer l'eau. Mère Aubry, couvre-le avec mon châle! Oh! qu'il doit avoir froid, le pauvre homme! Mon Dieu! des cheveux blancs! Infortuné vieillard! ses enfants sont peut-être noyés!

— Il est glacé, dit André; à peine respire-t-il encore! Qu'allons-nous faire?..... mais qu'allons-nous faire?

— Arrière tout le monde! s'écria la mère Aubry d'une voix plus forte que celle d'un marin. Joli moyen de faire revenir un noyé que vos essences et vos mouchoirs de dentelles! Du vin et du feu, voilà ce qu'il faut! Allons-nous rester là comme des statues, et ne saurions-nous l'emporter à quatre? Mais, monsieur André, quand vous regarderez toujours en mer s'il n'en vient pas d'autres, ça fera-t-il revenir celui-là? Peut-on sauver tout l'équipage à la fois? Prenez-le donc par les pieds, mille diables! que vous faites jurer une femme! Je me charge de la tête à moi toute seule, et quand je devrais mourir en arrivant, il faut qu'il entre vivant à la métairie... Soutenez-le bien, vous autres; n'allez pas le laisser tomber, nous roulerions tous jusqu'au bas de la montagne. Allons, bon pied et bon cœur! et en avant! Mais, que la sainte Vierge nous protège! il est plus léger qu'une plume! Sainte mère de Dieu! si je n'avais pas senti son cœur battre tout-à-l'heure, je croirais que c'est..... un fantôme!

— Allons-nous bien, madame Aubry? demandaient tour à tour André et Georges.

— Comme des anges! Mais voilà le majordome et Aubry! Ne nous arrêtons pas à parlementer avec eux, ce serait le coup de grâce..... On sait ce que tu veux dire, Aubry. Bon! assez! Cours au rivage avec William; va voir ce qui s'y passe!.....

— Juste ciel! que portez-vous donc là? dit le fermier en reculant en arrière.

— Ça ne te regarde pas! On te dit de courir au rivage voir s'il y en a d'autres!

— Vous faites une imprudence, madame Aubry, répondit le fermier: une grave imprudence!..... Voici le majordome qui va vous apprendre qu'avant de toucher à un cadavre il fallait prévenir M. le maire, qui serait venu accompagné de son greffier pour relever judiciairement le naufragé..... sans compter qu'il y a une prime de vingt-cinq livres..... Diable! vingt-cinq livres!.....

—Monsieur William! criait l'infatigable mère sans lâcher une minute son précieux fardeau, emmenez Aubry sur les grèves et ne le quittez pas, car s'il tombe il se croira mort et attendra que le maire vienne le relever; sans compter qu'il voudra recevoir la prime lui-même!..... Il est capable de faire le mort pour gagner les vingt-cinq livres!..... — Et tout en parlant et en riant pour encourager les autres et dissiper l'effroi de Marguerite, la mère Aubry marchait sans relâche.

— Eh bien! eh bien! que se passe-t-il? dit froidement le majordome en arrivant, les mains dans les poches de son vieux paletot de marin; qu'est-il arrivé d'extraordinaire pour crier si fort et de si loin?..... Il paraît que de là-bas ils ont reconnu le canon de détresse, car je les entends sonner le tocsin. Beaucoup de bruit pour rien! c'est purement et simplement un noyé. Mademoiselle Marguerite, comme vous êtes pâle! Madame Aubry, comme vous êtes rouge! Les femmes sont peu habituées à ces sortes d'aventures. Arrêtez donc une minute, que je lui fasse boire un coup de rhum à même de ma gourde! ça lui remettra le cœur à ce marin d'eau douce qui ne sait pas nager en pleine mer sans ouvrir la bouche!

Et le majordome s'avançant contre le naufragé, lui prit la tête, et le considérant avec stupeur, il jeta un cri d'épouvante, et dit aussitôt en balbutiant : — Ce n'est rien... Un mouvement involontaire... la moindre des choses! Il est mort, voilà tout. Laissez-le tomber; je me charge de l'emporter là-bas et de faire un trou dans le sable. Lâchez-le donc! Je vous jure, foi de majordome, qu'il est mort!

— Eh bien! s'il est mort, répondit madame Aubry en continuant courageusement sa marche, il passera la nuit sous un toit chrétien, et on lui donnera demain de la terre sainte. — Et puis, quand ils furent plus loin : — Le vieux loup! il croyait qu'on allait lui confier ce pauvre cher homme! Je ne sais trop ce qu'il en aurait fait, mais je le crains plus que les oiseaux de proie!

Et la mère Aubry marchait à reculons plus vite que jamais, entraînant tous les autres, qui ne pouvaient dire une seule parole, excepté pourtant le père André, qui murmurait quelquefois en regardant le naufragé : O Providence!

Le majordome resta immobile à la place où on l'avait laissé, jusqu'à ce qu'il vît le convoi poussé par le vent de mer entrer dans la cour de la métairie; puis, se retournant brusquement, il saisit avec force le bras du fermier, lequel flottait entre deux sentiments également exigeants : la peur et la curiosité.

— Monsieur le majordome, remarquez que je ne dis pas ceci dans l'intention de vous être désagréable; mais vous êtes horriblement pâle, et vous me serrez le bras à me faire crier!

— Il y a de quoi, mille pirates! je viens de faire une singulière rencontre!

— Laquelle? Mais, au nom du ciel, parlez vite; je n'aime pas qu'on me fasse peur quand je me trouve dans des circonstances critiques...

— Suis-moi! Passons par les sables; nous rentrerons par le défilé..... Courons nous enfermer dans le château!

— Et madame Aubry, qui m'a ordonné de...

— Silence!

— Et les autres naufragés?.....

— Laisse-les boire!

— Mais dites-moi au moins qui vous avez rencontré?

— Le diable!!!

Et le majordome entraînant le fermier stupéfait, avança rapidement dans les grèves, où ils disparurent tous deux derrière un rocher qui seul défiait l'Océan et la tempête.

XII

UN AMBITIEUX.

« Celui qui n'a point de nom, point d'amis, point d'ar-
» gent, point de patrie, est du moins un homme; et celui
» qui a tout cela, n'est pas davantage. »

WALTER SCOOT.

« Ah! si je pouvais avoir trouvé en vous un homme qui
» se contentât de porter le nom d'homme! »

LESSING.

Un grand feu brillait à la métairie, dans la salle des chevaliers.

C'est là qu'on avait déposé, dans un grand fauteuil, celui que l'Océan avait si violemment jeté à la terre.

Tandis que le père André et Marguerite étaient allés chercher eux-mêmes au cellier un vin généreux, madame Aubry et Georges avaient en une minute changé les vêtements roidis par l'eau de mer, contre du linge bien sec et un habit du père André, qui se trouva deux fois trop large, à cause de l'effrayante maigreur du naufragé. Les traits profondément creusés de cette figure allongée et diaphane, les rides de la vieillesse mêlées sans doute à celles du malheur, la pâleur de la mort, tout donnait à ce cadavre à peine animé une apparence tellement fantastique, que madame Aubry elle-même, en le mettant à nu, s'était signée plusieurs fois.

Plusieurs fois aussi Georges avait détourné la tête, ne pouvant surmonter un sentiment de terreur. Enfin, il avait dit à voix basse :

— Au nom du ciel! madame Aubry, est-ce donc une ombre?

— J'avais la même pensée, monsieur Georges! Si c'était un pestiféré?

— Oh! ne dites pas cela!

— Un criminel mourant qu'on aura jeté à la mer?

— Un criminel!... Mais non, puisque le vaisseau a été englouti...

— C'est juste... c'est peut-être... je ne dirai pas ce nom-là!

— Infortuné vieillard, d'où viens-tu donc? dit Georges en le regardant avec des yeux où la pitié l'emportait sur l'effroi.

— Monsieur Georges, je n'ose plus y toucher... Car enfin si c'était... hein?

— Je vous en prie, madame Aubry, habillez-le vite, il me fait peur!

— Et à moi donc!

— L'hospitalité, mère Aubry! l'hospitalité!

En ce moment le naufragé fit un mouvement, et les deux gardiens poussèrent un si grand cri qu'André accourut à grands pas, et que Marguerite resta cachée derrière la porte sans oser entrer.

— Qu'y a-t-il donc?

— Silence! mon père, il bouge!

L'inconnu donna successivement quelques signes d'existence, et les habits ayant enfin recouvert cette poitrine où se dessinaient affreusement les côtes sous une peau desséchée et transparente, on commença à se familiariser avec cet être fantastique, et Marguerite elle-même osa rentrer sur la pointe des pieds.

Le silence devint profond. Le naufragé n'avait pas encore ouvert les yeux; mais lorsqu'on lui fit avaler lentement quelques gouttes de vin, il se laissa faire d'abord, et ensuite il y eut un moment où il sembla qu'il buvait de lui-même. Madame Aubry, qui depuis quelques instants ne voyait plus partout que fantômes et apparitions, dit tout bas à l'oreille du père André :

— Il boit et il ne daigne pas ouvrir les yeux! Ceci est bien suspect! je suis sûre que c'est..... oui, lui-même, en personne!... Prenez garde, monsieur André ! prenez garde!

Mais celui-ci n'entendait rien, et, s'adossant contre la tenture de cuir, il regardait de loin et fixement la sinistre figure de l'inconnu. On crut même voir une larme briller dans ses yeux..... On eût dit que le vieillard avait déjà vu cette ombre en rêve, et que le même songe recommençait.

A l'instant où le naufragé ouvrit les yeux, il les fixa aussi sur le père André comme s'il eût su d'avance qu'il était là. A ce regard singulier et inattendu, André tendit les bras et fit un pas en avant en murmurant des paroles que personne ne put comprendre.

Mais l'inconnu, soit que la fixité du regard qu'il avait rencontré l'eût intimidé, soit que sa faiblesse fût trop grande encore, referma les yeux en disant : Où suis-je?

— Au milieu de votre famille, répondit Marguerite, dont la sensibilité fut à l'instant émue par cette voix si plaintive et si frêle qu'elle eût semblé sortir de la bouche d'un enfant, si elle n'avait eu un timbre quelque peu métallique. Cette voix singulière inspirait à la fois la pitié et la terreur.

— Oui, au milieu de votre famille, répéta la mère Aubry, qui eut le courage de risquer une conversation avec l'inconnu pour éclaircir ses doutes et découvrir si ce n'était pas........!

— Faut vous dire, mon brave monsieur, que vous vous trouvez chez le vénérable André, connu dans tout le village, et bien plus loin encore, comme le bienfaiteur non seulement de ceux qui sont malheureux, mais encore de ceux qui vont l'être; car n'est-il pas vrai, mon bon monsieur, qu'il en est d'aucuns qui s'endorment riches et qui s'éveillent pauvres? Vous prendriez peut-être encore volontiers un verre de vin?

— Où suis-je? répéta de nouveau l'étranger.

— En vérité, monsieur Georges, dit tout bas la mère Aubry, voici un homme qui ne fait pas la plus légère attention à mes paroles..... Moi, qui lui ai sauvé la vie! il ne sent donc rien, le malheureux ? Définitivement tout ça n'est pas naturel!...

En ce moment, l'inconnu ouvrant de nouveau les yeux, et voyant Marguerite debout devant lui, poussa un faible cri, puis cachant sa tête, il dit : Toujours cette ombre!

Le père André, redevenu plus calme, s'approcha enfin, et parla à voix basse.

— Retire-toi, Marguerite; et toi aussi, Georges; asseyons-nous à nos places habituelles comme si nous étions à la soirée. Qu'on éteigne une lumière! La flamme du foyer suffit; laissons le malade revenir par degrés à la chaleur et à la vie, et s'habituer à la forme de la salle, aux objets qui l'environnent, à nos figures elles-mêmes. Quand il sera un peu remis, je tâcherai de le faire parler, cela le soulagera; oh! s'il pouvait pleurer!

Il se fit encore un profond silence; l'étranger promenait sur les murailles des yeux égarés. Son regard s'arrêta d'abord avec effroi, et ensuite avec un air indéfinissable de fierté, sur les quatre chevaliers armés de toutes pièces, qui du haut de la cheminée semblaient le regarder lui-même. Après cela il considéra avec une sorte de terreur le père André, et encore Maguerite.

Ses yeux allaient de l'un à l'autre, et il passait chaque fois sa main sur son front. Enfin il vit Georges, et le regarda avec indifférence.

Un mouvement qu'il fit rendit immobile la pauvre mère Aubry qui s'était réfugiée derrière lui, dans l'ombre même de son fauteuil. Enfin il dit :

— Ce n'est pas un rêve... je sens la chaleur de cette flamme..... Au nom du ciel ! si vous n'êtes pas des ombres, que j'entende le son de votre voix !

— Nous attendons que tes forces soient revenues, dit André; ne t'épouvante pas, nous sommes des chrétiens, nous t'avons sauvé la vie, et nous saurons te la conserver. Parle comme si tu étais dans ta propre maison; tu as fait naufrage; la tempête a été affreuse, n'est-ce pas? t'en souviens-tu? Tu vas me dire que tu t'en souviens.

— Naufrage? la tempête? c'est cela, c'est cela! est-ce que je vivrais encore? je croyais que j'étais dans le royaume du silence et des ombres! Hélas! suis-je donc retombé sur la terre?

— Tu es malheureux, mon frère?

— Mon frère? pourquoi: *mon frère?* Ai-je un frère? oui, j'en ai un! Chut!... gardez-vous de prononcer son nom... ni le nom des autres!... Ma tête est si faible... on dirait qu'elle est vide..... Vous êtes des chrétiens, n'est-ce pas? Eh bien! ménagez ma pauvre tête!

— Père André, dit doucement la tendre Marguerite, à qui la pitié faisait si bien surmonter la crainte, qu'elle s'avançait peu à peu près de l'inconnu...

— Il ne faudrait lui parler que de choses agréables, de peur de le fatiguer.

— Quelle est cette voix?

— La voix d'une petite fille qui vous aime et qui vous soignera comme si elle était la vôtre. Allons, mon pauvre monsieur, effacez toutes les mauvaises idées. Vous êtes sauvé, ainsi c'est tout. Allez, vous ne manquerez de rien à la métairie, et nous aurons soin de ne vous parler que de douces choses qui vous feront du bien. Tenez, je vois à la manière dont vous me regardez que vous êtes père..... Vous avez des enfants, n'est-ce pas? Vous revenez sans doute d'un long voyage? comme ils vont être heureux de vous revoir!..... il me semble que je suis à leur place!

— Des enfants?... un enfant?... Non! quand je vous dis que je n'ai plus d'enfant?

— Ce n'est pas encore cela, dit Georges à Marguerite, en l'écartant doucement pour prendre sa place : pauvre étranger, c'est votre compagne qui vous attend, n'est-ce pas?

— Ma femme? ô ciel! elle m'attend en effet, et pour m'accuser devant Dieu! Tout-à-l'heure encore je tremblais d'aller la rejoindre!

— Imprudent! dit tout bas la mère Aubry, vous voyez bien que vous touchez une autre blessure! dans des circonstances si graves on ne doit parler que de choses légères : du beau temps, des nouvelles du jour; tenez, voilà comment on parle à un naufragé. — Monsieur est sans doute déjà venu en France? Un fort beau pays, n'est-ce pas, monsieur? l'agriculture y est très soignée. J'ai un mari qui est fermier, et qui a gagné des mille et des cents, surtout dans les bestiaux; aussi est-ce une contrée que les étrangers visitent avec enthousiasme. On dit que toute l'Angleterre passe sa vie à voyager en France! Pourtant depuis 93, les voyageurs, et surtout les Anglais, deviennent plus rares; on est si ridicule à présent pour les passeports! Vous comprenez, monsieur? à cause des émigrés! Fichtre! la loi ne badine pas, et les gendarmes encore moins! La peine de mort, mon brave monsieur! rien que la peine de mort!

— Au secours! s'écria tout-à-coup l'inconnu en se soulevant dans son fauteuil. Sauvez-moi! Trahison! C'est un espion! Fermez les portes!... J'entends les chevaux!... On pose les sentinelles!... Je suis perdu!

— Ne faites aucune attention à toutes ces folies, dit le père André, qui, considérant toujours l'étranger, n'avait pas entendu toutes les paroles de madame Aubry; en même temps, il appuya doucement ses deux mains sur les épaules de l'inconnu, et le força à se rasseoir en lui disant : — Je vous jure sur mes cheveux blancs que vous ne courez ici aucun danger! Si vous saviez chez qui vous êtes! Pourquoi me regarder d'un air étonné? Ne craignez rien, je suis un homme tranquille; je vis ici avec mes deux tendres enfants, et j'ai peu de rapport avec ce monde que vous paraissez craindre..... Cependant j'ai d'heureuses nouvelles à vous annoncer; préparez-vous au bonheur, et quand je vous verrai bien raisonnable, je vous dirai des choses bien agréables à entendre.

— Oh! sauvez-moi, monsieur! Vous êtes témoin que ce n'est pas de mon propre gré que je suis rentré dans votre pays. La tempête a jeté près de votre maison ce qui reste d'un homme qui a fait autrefois du bruit en France. Hélas! je partais pour un autre hémisphère, et l'Océan m'a livré aux bourreaux qui m'attendent. Puisque vous êtes une âme charitable, sauvez-moi! Vous voyez que la vie est presque éteinte en moi..... Je ne suis plus qu'une ombre!..... Est-ce que le bourreau oserait saisir une ombre? Qu'on me donne un coin de terre où je puisse me cacher; une année seulement à vivre, à prier, à me repentir! Ne voyez-vous pas, monsieur, que je suis un émigré?

— Un émigré!!! s'écrièrent à la fois les enfants et la mère Aubry. André seul parut insensible.

— Eh bien, oui, dit-il doucement en couvrant l'étranger de sa personne, afin de pouvoir imposer silence de la main. Qu'y a-t-il d'étonnant à cela? N'existe-t-il pas beaucoup de braves gens qui ont cherché leur patrie sur la trace de leur roi? et je suis bien sûr que notre hôte n'est pas de ceux qui ont porté les armes contre la France.....

— J'en suis bien sûre aussi, dit gravement Marguerite, qui ne pouvait s'empêcher de parler et de faire mille tentatives pour s'approcher du proscrit, sans doute pour obéir à un de ces mouvements du cœur aussi puissants qu'involontaires, et dont on ne comprend autre chose que la présence; — oui, je suis certaine, ajouta la jolie orpheline, que vous ne vous êtes jamais mêlé à cette vilaine politique qui est si méchante, qu'elle fait sortir les yeux de la tête à ceux qui parlent d'elle! Vous resterez avec nous, continua-t-elle en se hasardant à lui prendre une main dont elle ne sentait pas la maigreur. — Mais approche donc, Georges. Que fais-tu là à nous regarder comme une statue? Viens dire à ce pauvre proscrit que nous voulons le cacher, le soigner et le guérir. Oui, mon bon monsieur, nous dirons que vous êtes un parent très proche que nous attendons depuis des années; un oncle revenu des Indes, où il a vendu toutes ses plantations. On croira que vous êtes riche, et on vous aimera; on aime tous ceux qui reviennent des Indes! Une idée! Si nous disions que c'est le père de Georges, ou bien le mien? C'est cela; disons que c'est mon père! D'abord je ne demande pas mieux que d'être sa fille!..... Dites, ô bon proscrit, voulez-vous bien que je sois votre fille?

— Si je le voudrais! Mais un ange a-t-il un

père ici-bas? Dites-moi, quel jour êtes-vous descendue du ciel?

— Oh! quel bonheur! comme il me regarde avec tendresse! Il n'est plus malade! Tout est fini; il est sauvé!... Si vous saviez comme vous allez être heureux ici! Vous allez bientôt connaître notre bon père André. Vous ne voyagerez plus sur cette vilaine mer, qui gronde toujours, et qui est aussi méchante que la politique! Nous allons passer de bien douces soirées; vous nous raconterez vos malheurs, et nous pleurerons avec vous.

— Et nous rirons aussi, j'espère! interrompit la mère Aubry, qui était tout-à-fait rassurée depuis que l'étranger avait appelé sa Marguerite: un ange. N'est-ce pas, monsieur le voyageur, que tout le monde ne sera pas tenu de pleurer? Ce serait avoir du guignon si au milieu de tant d'aventures on ne trouvait pas un petit mot pour rire! les Français aiment cela, mon brave monsieur, et la mère Aubry est une excellente Française; d'abord tout le monde est Français ici, car vous n'êtes pas plus Anglais qu'un autre avec vos bottes aux revers jaunes, qui ont bu plus d'eau en une minute que le père Aubry en dix ans! Mais vous me trouveriez malhonnête, monsieur l'exilé, si je ne vous achevais pas que ledit Aubry est le père légitime de mes treize enfants, auxquels il faut ajouter les deux ici présents, ce qui fait bien mes quinze. Et, tenez, vous arrivez tout juste pour certaines petites noces....... Mais ne rougissez pas ainsi, Marguerite, que vous faites pâlir Georges! Je n'ai pas fait tant de façons, moi, seigneur étranger... Monsieur Aubry, qui était dans les temps un homme superbe, puisqu'il a tenu la hallebarde à l'église de Mauléon, est venu me demander en mariage, un soir, à neuf heures, si bien qu'avant minuit il ne manquait plus que... Pardienne! il ne manquait plus que la municipalité et l'église!

— Vous alliez trop vite, madame Aubry, dit le père André en mettant un doigt sur sa bouche, et maintenant prenez garde d'aller trop loin!

— Tiens! en voilà une d'idée que j'allais trop vite!..... Puisque, comme vous le dites toujours, j'étais inscrite là-haut pour avoir mes treize et élever mes deux, qui font bien mes quinze, il me semble que je ne pouvais guère commencer trop vite, à moins de finir comme l'épouse d'Abraham!

— Ici, le proscrit regarda attentivement Georges et Marguerite, en disant : Ce ne sont donc pas vos enfants, madame ?

— C'est-à-dire. . . . . . entendons-nous, — répondit avec embarras la pauvre mère, à laquelle André faisait des signes impérieux, — vous me faisiez, je crois, l'amitié de me demander si c'étaient mes enfants..... Voilà, je pense, la question que vous m'avez fait l'honneur de m'adresser ?... Eh bien donc ! je vous dirai avec franchise. . . . . . Georges, est-ce qu'il n'y a plus de bois derrière la cheminée ?.... Ne vous dérangez pas, je vais arranger le feu moi-même. . . . . . et je continuerai mon histoire plus tard. . . . .

— On a le temps de vous entendre, — dit André plein d'impatience ; — vous ne voyez pas que vous jasez si long-temps sur le même sujet, que cela empêche notre bon hôte de nous raconter sa propre histoire ?

— C'est juste ; je confesse que j'ai tort. La langue est le plus actif de mes ennemis ; car, voyez-vous, mon brave monsieur, dès que j'arrive quelque part où il y a une aventure, si jamais je parviens à saisir le nœud de l'affaire, comme qui dirait le fil de la conversation....

— Vous le filez si long-temps, qu'on est obligé de le couper, — dit Georges avec une certaine sévérité.

— Eh bien ! je vais punir tous ceux qui me jettent la pierre ; je vais me taire ! on ne m'arracherait pas une parole d'ici à demain matin !

— Prenez encore ce biscuit dans ce verre de vin, — dit Marguerite à l'étranger ; — cela vous donnera de nouvelles forces pour nous dire votre histoire ; l'impatience de vous entendre est si grande que la discorde s'est glissée parmi nous pour la première fois depuis seize ans. Vous pouvez parler maintenant, car vous saurez que je remplis toujours ici le rôle d'huissier à verge ; et pour réhabiliter mon sexe, apprenez que dans ces lieux c'est une femme qui répond du silence !

Le proscrit avait visiblement repris de l'énergie : soit par impatience secrète, soit par désir de le voir soulager sa douleur par un récit, le père André souffrit qu'il commençât son histoire.

« Ne faites pas de préparatifs pour m'entendre, dit l'étranger d'une voix qui s'animait peu à peu, mes infortunes ont été si longues et si douloureuses que vous permettrez qu'au moins l'histoire en soit courte.

» La veille du 10 août, j'étais le chef d'une des plus anciennes familles de France. Ma femme allait mettre au monde un enfant dont le roi avait déclaré vouloir être le père. . . . une révolution éclata, et le lendemain je n'avais plus ni femme, ni enfant, ni roi, ni patrie !

» Une ombre, un fantôme, une voix de l'enfer que dans mon délire je croyais encore entendre tout-à-l'heure, vint jeter à mon oreille la nouvelle de tous ces meurtres. C'était dans une sombre église où je crois que j'ai laissé la moitié de mon cœur et la moitié de ma raison ! Je ne sais comment cela se fit, mes chevaux tournèrent d'eux-mêmes, et je courus vers l'Océan sans savoir qui m'emportait. On me descendit dans un navire où flottait le pavillon blanc et où je passai plusieurs nuits délirantes au milieu d'une immense rumeur de vœux, de prières, d'imprécations et de blasphèmes, et ce fut à Londres que je sortis de cette léthargie dont le réveil ne me fut permis sans doute que pour me prouver que ce n'était pas un rêve !

» Oui; femme, enfant, monarchie, monarque, fortune, honneur même, tout cela était mort ! Non, ce n'était pas un rêve, car je me réveillai proscrit et mendiant; proscrit : puisque je ne rencontrai partout que des figures étrangères et un idiome barbare; mendiant : puisque j'allai, une année entière, frapper aux portes royales où un huissier d'antichambre vint un jour me dire dans un noble langage beaucoup de grandes paroles dont la plus simple expression était celle-ci : Il n'y a plus rien à donner ! Et moi je sortis fièrement, et me retournant contre ces portes d'airain aux armoiries étrangères, je m'écriai : J'aurai faim, mais je ne frapperai plus ici !

» Savez-vous ce qui me sauva du désespoir? eh bien ! ce fut le souvenir d'un frère que j'ai perdu et qui fut sacrifié à la splendeur d'une race qui devait aller mendier l'hospitalité anglaise ! Je me rappelai que, malheureux et abandonné comme je devais l'être à mon tour, il travaillait dans une petite chambre sous les toits, et que rarement, il est vrai, et en des retours de courage et de tendresse, j'y montais recevoir ses leçons.... Pauvre frère ! je me souvins qu'il m'avait donné d'excellentes notions de géographie, et que ma secrète passion pour les voyages et les aventures m'avait fait aimer cette étude dans laquelle je mis le génie du flibustier que la nature fait le meilleur géographe de la terre. Je résolus de faire comme mon frère, et je fis comme lui. J'eus aussi une petite chambre et je m'y établis avec la rude tâche d'y gagner mon pain.

» Eh bien, oui ! je le gagnai ce pain, et il me sembla moins dur que celui des aumônes ! J'avais facilement caché mon nom dans une détresse qui éloignait les curieux ; tant que je fus pauvre et solitaire, je fus heureux ; mais l'aisance arriva bientôt et les amis la suivirent. Dans mon aveuglement, je ne m'étais pas encore demandé quelle main généreuse couvrait d'or mes obscurs travaux ; lorsqu'une nuit, mon nom imprimé sur un journal qui avait servi d'enveloppe, me sauta aux yeux : je l'ouvris en tremblant... on me dénonçait à l'indignation de l'Europe, et je fus le dernier à apprendre que c'était sur ma grande carte de la Bretagne qu'on avait organisé la catastrophe de Quiberon !

» En ce moment je mettais la dernière main à une carte spéciale des côtes françaises que m'avait payée d'avance un émissaire de l'amiral Hood. Je voulus en vain continuer mon travail ; il me sembla tout-à-coup que le sang de mes frères ruisselait dans tous les fleuves de la carte maudite! Ma tête se troubla, et le pinceau rougi que je tenais à la main m'apparut à la lumière de ma lampe comme une épée teinte du sang de mes concitoyens! Le délire me prit; je ne sais combien de temps je restai au lit, mais je sais que je n'y trouvai pas la fin de mes maux, et que le destin du proscrit lui refusa le repos de la mort et le gîte de la tombe! Je me réveillai plus pauvre et plus malheureux que jamais.

» J'essayai de lutter contre ma nouvelle misère. Je me dis : Je serai vertueux; je le fus et je mourus de faim. J'entrepris de faire de la géographie honnête; on me rit au nez, personne n'en voulut; je baissai mes prix, ce fut en vain. Je passai des nuits à faire des cartes manuscrites de l'Angleterre et de toutes ses colonies que j'offrais pour un demi-schilling; on me répondit qu'en Angleterre, la carte, c'était l'Angleterre elle-même! qu'on n'étudiait pas la latitude des colonies, qu'on y allait! qu'enfin il y avait dans un seul quartier de Londres cent géographes aussi connus par leur génie que par leur misère! Je vis qu'il fallait en finir, et un jour que j'avais rassemblé tout mon courage pour affronter la mort qui m'avait fait si souvent pâlir, un jour que j'avais chargé un pistolet acheté avec l'argent de mon dernier habit, savez-vous ce qui m'arrêta? J'avais été infâme et lâche, je devais être ridicule. Ce qui m'arrêta..... ce fut la faim! Oui, la faim, cette maladie des bêtes dans les forêts et des proscrits dans les capitales, se fit sentir dans mes entrailles..... Comprendra-t-on cela? Quand je voulus mourir, j'eus faim!

» L'héritier de la plus noble maison de France, le descendant des rois (sachez, monsieur, que je descends des rois par ma mère) oublia tout, patrie, famille, monarchie, Quiberon, et se précipita dans la rue à la recherche d'un morceau de pain. Je courais comme un fou; j'avais peur de m'arrêter et de voir ces bazars de la gourmandise où pâlissent au soleil les malheureux affamés!

» J'arrivai au port; un vaisseau mettait à la voile, je me dis: Voilà du pain, un asile, une patrie; et je poussai des cris de détresse en agitant mon mouchoir. O bonheur! on crut que j'étais un passager en retard, et une barque vint à moi. De peur qu'on ne reconnût l'erreur, j'y sautai avant qu'elle ne touchât au débarcadère, et je tombai dans la Tamise. On me repêcha, on me conduisit au vaisseau; je montai sur le pont, ruisselant d'eau et de sueur, et je m'écriai: Qu'on me prenne! je serai matelot, corsaire, pirate, tout ce que l'on voudra, pourvu qu'on me mène loin de cette île maudite, et qu'on ne me laisse pas mourir de faim! O faveur inespérée! enfin l'insensible fortune s'attendrit à mes malheurs: l'aide-calfat était mort de la veille; il ne s'était pas trouvé sur les bords de la Tamise une seule âme damnée qui voulût s'ensevelir tout vivant dans les ténébreuses entrailles d'un vaisseau ennemi, car il faisait voile sous pavillon parlementaire.

» Oui, j'obtins la place! Je fus reçu par acclamation, et le noble comte que vous avez devant vous, le fier émigré, le descendant des rois de France, disparut à fond de cale, serrant avec ivresse dans ses mains amaigries, un morceau de pain de la république américaine!

» N'est-ce pas que tout-à-l'heure vous avez sauvé un lâche! Eh bien! écoutez encore: le comte aide-calfat ne sut pas même gagner ce morceau de pain que la république lui avait compté d'avance. Accablé de misère et de douleur, lorsqu'il fut repu, il s'endormit auprès d'une voie d'eau dont on lui avait confié la garde. La voie s'agrandit, un coup de vent fit le reste, et, cette fois, je me réveillai dans les flots. Eh bien! l'Océan ne voulut pas garder mon cadavre, et il me jeta sur cette France où l'on m'attend pour me couper la tête!

» Oh! la justice céleste tient bien ses comptes! Si l'exilé tombe dans les flots, elle lui donne du courage, elle lui dit de lutter contre les vagues! On l'appelle du rivage; il arrive, on l'entoure, on l'embrasse! et puis la foule s'ouvre, et il voit l'échafaud dressé sur le sable! O Providence du proscrit, n'es-tu pas aussi celle du bourreau? »

— André! s'ecria Georges, tandis que Marguerite baissa les yeux, — c'est à toi de parler à ce malheureux étranger qui blasphème. Attendez à demain, pauvre vieillard, continua le noble Georges, pour maudire la Providence dans une maison où il n'y a ni portes d'airain, ni armoiries royales, mais où vous avez trouvé tout ouvert, le cœur du père et celui des enfants!

— Sans compter, mon brave monsieur, ajouta madame Aubry, qu'on ne vous appellera point ici : monseigneur! mais que jamais vous n'entendrez dire : Il n'y a plus rien à donner! attendu qu'ici on ne reçoit pas et qu'on peut prendre soi-même. Retenez bien cela de la mère Aubry qui en sait quelque chose ainsi que sa petite famille!

— Silence! dit tout-à-coup le père André d'une voix solennelle, et comme s'il venait de prendre une grande résolution : — Ecoutez tous! Et qu'après cela on ose encore douter de la bonté de Dieu!

—Vous avez bien souffert, pauvre exilé; mais pensez-vous que dans cette France que vous avez abandonnée à l'heure de la crise et de l'enfantement, il ne soit resté aucun malheureux?

Moi qui vous parle, hélas! j'ai eu ma part de larmes. Moi aussi, j'ai eu un frère que j'ai pleuré long-temps, et pourtant il a été la cause constante de toutes mes douleurs; je l'ai rencontré sur toutes mes voies; et partout où luisait une espérance, il l'a couverte de son ombre! Eh bien! je l'ai aimé et je l'aime encore, ce frère; peut-être à cause même du mal qu'il m'a fait et qui doit l'avoir rendu bien malheureux! Je l'aime, et quelque chose me dit qu'il reviendra bientôt, attendri par le malheur et instruit par l'exil. Ne me faites pas de questions, répondez plutôt à celle-ci : Avez-vous donc pensé être ce mortel inconnu qui arrive au bonheur sans passer par la souffrance ? Regardez d'ici cette fleur blanche que le vent balance à l'ombre des saules sur le bord du lac ; pensez-vous que pour aller la cueillir et la respirer ensuite dans cette ombre bienfaisante et sur ces rives pleines de fraîcheur et de verdure, il ne faille pas marcher dans la plaine à travers les rayons brûlants du soleil ? Et si vous trouvez votre marche longue et pénible sur cette terre, savez-vous ce que vous êtes appelé à cueillir dans le ciel, et sur quelles rives vous devez vous reposer un jour ?

Et tenez, à l'heure où vous poussez votre blasphème, peut-être le terme de vos maux est-il atteint ici-bas.

Écoutez et répondez-moi. Vous êtes proscrit ; vous avez fui la tempête, mais l'échafaud vous attend sur le sable. Une famille vous sauve, mais un peuple vous condamne ; l'homme est là qui pleure, mais la loi est là qui tue ! Vous avez bien pesé, n'est-ce pas, ces terribles menaces ? Déjà vous criez grâce ! vous demandez un chaume pour vous cacher ; une année, un jour, une heure pour vous préparer à mourir!.... Ne tremblez pas, ô pauvre proscrit, ceci n'est que la voix de la terre; écoutez maintenant la voix du ciel!....

Si l'on vous accordait pour dernière retraite une petite maison cachée dans les bois, cachés eux-mêmes dans les montagnes; si l'on vous disait : Voici désormais pour vous la patrie et le monde ; ne mettez jamais le pied hors de cette terre où les fleurs et les fruits attendent les soins d'un jardinier fidèle. Là, les regards intéressés ou curieux ne sauront vous découvrir ; là, aucune loi mortelle ne saura vous atteindre. Dites, renonceriez-vous, pour cette existence obscure, à la noblesse, à l'ambition, à la gloire, aux grandeurs humaines? Pour ne pas mourir dans un monde ingrat et cruel, sauriez-vous du moins vivre dans la méditation et le calme, au milieu de bons livres et d'amis meilleurs encore? Placez une main sur votre tête et l'autre sur votre cœur; la tête a-t-elle cessé de brûler? le cœur a-t-il commencé à battre? répondez! Et peut-être, la maison dans les bois, les livres, les amis, la paix et le bonheur, vont-ils, au lieu de l'échafaud, apparaître au proscrit sur les sables de l'Océan!

— Oh! monsieur, — répondit l'étranger avec un regard où il y avait plus de terreur que de résignation, que je serais heureux de finir ainsi mon existence, surtout si cette maison n'était pas trop éloignée de la vôtre, et si on disait qu'il me sera permis de prendre quelquefois mon bâton de voyage pour venir passer quelque nuit sous ce toit hospitalier, dans la compagnie d'un vieillard auquel je devrai tant de reconnaissance; et de cette Marguerite dont le nom, les yeux, la voix même me rappellent des souvenirs à la fois tendres et douloureux!... Mais chassons toutes ces visions d'un monde auquel il faut bien dire adieu, car tout espoir est perdu, n'est-ce pas, vénérable André? Monarchie, noblesse, religion, tout s'éteint, tout expire; tout, excepté la vengeance populaire! Oui, j'accepte une retraite; mais sera-t-elle bien sûre, monsieur? Si elle était reconnue, dénoncée, envahie? Songez-y, monsieur, je suis un émigré! un mot, un son, un souffle, une feuille emportée par le vent, tout peut le découvrir au bourreau!... L'échafaud! Oh! quelque sombre que soit la caverne que vous m'avez creusée, je le sens, j'y tremblerai jusqu'à ma dernière heure!!...

Cependant le regard du père André brillait d'un feu inconnu à ses enfants, et il se tenait debout dans le fond de la salle; son bras se levait dans l'ombre, et sa voix devenait tout-à-fait solennelle :

— Étranger! l'heure de la délivrance a sonné! Tu vas contempler une Providence qui ne fut jamais celle du bourreau, et qui sera toujours celle du proscrit!

— De grâce, une minute encore! Pardonnez à la terrible émotion que j'éprouve : est-ce donc en votre nom que vous parlez?

— C'est au nom de celui qui parle dans le ciel et qui agit sur la terre!

— Ménagez-moi, monsieur..... Mais déjà j'ai entendu cette voix..... Pitié pour moi!..... Ma raison s'égare, et vous voyez que je tremble.....

— La voix du maître est la même partout : dans les palais comme sous le chaume; dans le confessionnal comme dans la conscience; sur la rive étrangère comme sur le sol de la patrie! mais il ne suffit pas de l'entendre, il faut savoir la comprendre.

Jure donc en présence de ces enfants qui t'écoutent et qui tremblent aussi; en présence d'un homme que l'âge et le malheur ont frappé comme toi ; jure que si la Providence t'accorde une retraite pour y mourir en paix, tu sauras du moins y mourir!

— Je le jure! la retraite et la tombe!

— Ton serment a monté au ciel, et la réponse va descendre! Qu'on éteigne les feux et qu'on ouvre la grande fenêtre. Voici les premières lueurs de l'aurore! noble proscrit, jette les yeux à travers cette ogive du temps de tes anciens rois! Rien ne rappelle-t-il à ta mémoire cette triple montagne qui s'élève autour de nous jusque dans les blanches nuées du ciel? Écoute!..... la voix du cor et celle des chiens ne font-elles rien battre dans ton cœur? Le son de cette cloche, qui semble expirer en atteignant la cime des rochers, n'a-t-elle pas dans ta jeunesse ramené tes pas égarés?

— O ciel!..... serait-ce....? c'est la cloche de Montperdu!

— Et cette tourelle grise qui s'élève à l'angle de ce sombre château? et ces ombres gigantesques qui vont monter avec le soleil pour mourir à la chute du jour au pied même de cette métairie, ne les reconnais-tu donc pas?

— Mon château!..... le cor!..... les chiens du majordome!..... Et tout cela a été souillé, vendu, partagé! Grand Dieu! quel est celui qui se promène à cette heure dans la salle d'armes où se tiennent debout les ombres de mes ancêtres, et où s'était réfugiée peut-être l'ombre de la France? Noble vieillard, tu vois mon impatience; dis-moi vite le nom de ce nouveau maître!

— Ce château, ces domaines et cette vallée même, tout cela t'appartient, car le nouveau maître: c'est le comte de Chapstal!

— Mais qui donc es-tu? s'écria tout-à-coup le comte en se levant de toute sa hauteur et projetant sur les murs de la salle son ombre fantastique..... Quelle est cette voix dont chaque accent me rappelle une voix terrible, et dans laquelle le désespoir et l'espérance semblent se mêler comme dans un mauvais songe? Qui es-tu? qui es-tu?

— Celui qui te rend aujourd'hui tes domaines, et qui demain peut-être..... oui, la puissance de ta destinée l'emporte..... qui demain te rendra ton enfant!

— Il vivrait? il vivrait, grands dieux!!! Cruel! pourquoi me l'avoir caché si long-temps? Qu'aurais-je fait de tes domaines si cet enfant n'avait pas vécu? Tu ne savais donc pas que dans cette tombe dormaient mes dernières espérances? Providence des Chapstal, tu te réveilles enfin! Est-il possible que le sang d'une si noble race coule dans des veines jeunes et fécondes? Serait-il donc vrai que l'éclat de ma maison pût se rallumer à cette dernière étincelle?......... O ciel! quel trait de lumière! — dit encore le vieux proscrit en marchant à grands pas dans la salle, et en frappant son front du poing, sans voir André, ni les enfants, ni la pauvre nourrice, qui le considéraient avec terreur....... Ce château, ces titres, ces domaines, qu'une main inconnue me conserve depuis seize ans!..... cet enfant qu'on me cache encore!..... tout cela peut-il être le don d'un hasard aveugle ou d'une générosité étrangère? Non! non! Ah! je me souviens maintenant! ils le disaient bien à Londres, et dans le vaisseau même, que Bonaparte saisissait enfin les rênes de l'empire! Juste ciel! je commence à comprendre, et je me réveille enfin!!! Le nouvel empereur appelle à lui, pour étayer un trône qui s'élève, tous les anciens chevaliers qui ont soutenu si longtemps le trône écroulé. Le nom des Chapstal est le premier qui a retenti à son oreille!..... Eh bien! que les destinées de la France s'accomplissent ! Ne lui faut-il pas un maître, à cette France capricieuse, pour la sauver de l'anarchie? et n'est-ce pas un devoir pour la noblesse d'entourer cette dynastie qui s'élève radieuse dans les nuages de la gloire? C'en est fait! puisque l'empereur fait un appel aux Chapstal, les Chapstal y répondent! Où es-tu, où es-tu donc, mystérieux vieillard? Tu es sans doute l'agent secret de ce maître que mon génie devine et que mon épée soutiendra! C'est toi que le dominateur du monde a caché sur les grèves de l'Océan pour y surprendre à leur retour les nobles proscrits qu'apportent les tempêtes?..... N'est-ce pas que c'est toi?.....

Les yeux du comte étaient enflammés, ils paraissaient sortir des cavités profondes que la misère et la vieillesse avaient creusées dans sa figure, et ils cherchaient avec égarement dans le fond de la salle l'autre vieillard qui cachait sa tête dans ses mains en répétant sans cesse :

— Qu'ai-je fait? ô mon Dieu! qu'ai-je fait?

Cependant le comte de Chapstal s'indignant de ce silence, fit un pas en avant et s'écria d'une voix qui n'avait plus rien d'humain : — Malheureux! me diras-tu donc enfin le nom de ton maître?

Le père André saisit alors par la main Georges et Marguerite qu'il entraîna sur le seuil de la porte; puis, se retournant, il s'écria d'une voix terrible : — Monsieur le comte, n'oubliez jamais que mon maître et le vôtre, c'est Dieu!!

Puis la porte se ferma, et il disparurent tous les trois.

Madame Aubry n'étant pas arrivée à temps pour sortir, resta cachée dans l'ombre du fauteuil, où elle tremblait sans oser lever la tête.

Enfin elle entendit l'étranger tomber dans le fauteuil derrière lequel elle était agenouillée. Bien long-temps après, lorsqu'à ses longs soupirs elle le crut endormi, elle se hasarda à marcher sur la pointe des pieds, et passa devant lui pour sortir de la salle par une porte secrète.

Les lèvres de l'ambitieux proscrit remuaient sans dire une parole, ses yeux étaient ouverts, et ils regardaient fixement la flamme du foyer!

FIN DU TOME PREMIER.

TABLE DES MATIÈRES

CONTENUES DANS LE TOME PREMIER.

FIN DE LA TABLE.

Paris, Imprimerie de BOURGOGNE et MARTINET, rue Jacob, 30.

www.ingramcontent.com/pod-product-compliance
Lightning Source LLC
Chambersburg PA
CBHW050202030726
47505CB00005B/1483
* 9 7 8 2 0 1 4 4 7 9 7 3 7 *